想 象 之 外 · 品 质 文 字

北京领读文化传媒有限责任公司　　出品

说东道西

鲁迅 周作人 林语堂 等 著

钱理群 编

北京时代华文书局

图书在版编目（CIP）数据

说东道西 / 钱理群编 . —北京：北京时代华文书局，
2018.5

ISBN 978-7-5699-2346-9

Ⅰ．①说… Ⅱ．①钱… Ⅲ．①散文集 - 中国 - 现代②
散文集 - 中国 - 当代 Ⅳ．① I266

中国版本图书馆 CIP 数据核字 (2018) 第 070826 号

说东道西

SHUODONGDAOXI

编　　者｜钱理群
著　　者｜鲁迅　周作人　林语堂　等

出 版 人｜王训海
选题策划｜领读文化
责任编辑｜孟繁强
装帧设计｜领读文化
责任印制｜刘　银

出版发行｜北京时代华文书局 http://www.bjsdsj.com.cn
　　　　　北京市东城区安定门外大街 136 号皇城国际大厦 A 座 8 楼
　　　　　邮编：100011　电话：010-64267955　64267677
印　　刷｜北京金特印刷有限责任公司
　　　　　（如发现印装质量问题，请与印刷厂联系调换）
开　　本｜880mm×1230mm　1/32　印　张｜6.75　字　数｜129千字
版　　次｜2018 年 6 月第 1 版　　印　次｜2018 年 6 月第 1 次印刷
书　　号｜ISBN 978-7-5699-2346-9
定　　价｜49.80 元

| 再 记 |

转眼间，十三年过去了。眼看复旦大学版"漫说文化丛书"售罄，"领读文化"的康君再三怂恿，希望重刊这套很有意义的小书。

只要版权问题能解决（此次重刊，删去个别版权无法落实的），让旧书重新焕发青春，何乐而不为？更何况，康君建议请专业人士朗读录音，转化为二维码，随书付印，方便通勤路上或厨房里忙碌的诸君随时倾听。

某种意义上，科技正在改变国人的阅读习惯，一个明显的例子，便是"听书"成了时尚。对于传统中国文人来说，这或许是一种新的挑战。可对于现代中国散文来说，却是歪打正着。因为，无论是胡适的"国语的文学，文学的国语"，还是周作人的"有雅致的白话文"，抑或叶圣陶的主张"作文"如"写话"，都是强调文字与声音的紧密联系。

不仅看起来满纸繁花，意蕴宏深，而且既"上口"，又"入耳"，兼及声调和神气，这样的好文章，在"漫说文化丛书"中比比皆是。

如此说来，"旧酒"与"新瓶"之间的碰撞与对话，很可能产生绝妙的奇幻效果。

2018年3月21日于京西圆明园花园

| 序 |

陈平原

据说，分专题编散文集我们是始作俑者，而且这一思路目前颇能为读者接受，这才真叫"无心插柳柳成荫"。当初编这套丛书时，考虑的是我们自己的趣味，能否畅销是出版社的事，我们不管。并非故示清高或推卸责任，因为这对我们来说纯属"玩票"，不靠它赚名声，也不靠它发财。说来好玩，最初的设想只是希望有一套文章好读、装帧好看的小书，可以送朋友，也可以搁在书架上。如今书出得很多，可真叫人看一眼就喜欢，愿把它放在自己的书架上随时欣赏把玩的却极少。好文章难得，不敢说"野无遗贤"，也不敢说入选者皆"字字珠玑"，只能说我们选得相当认真，也大致体现了我们对20世纪中国散文的某些想法。"选家"之事，说难就难，说易就易，这点如鱼饮水，冷暖自知。

记得那是1988年春天，人民文学出版社约我编林语堂散文集。此前我写过几篇关于林氏的研究文章，编起来很容易，可就是没兴致。偶然说起我们对20世纪中国散文的看法，以及分专题编一套小书的设想，没想到出版社很欣赏。这样，1988年暑假，钱理群、黄子平和我三人，又重新合作，大热天闷在老钱那间10平方米的小屋里读书，先拟定体例，划分专题，再分头选文；读到出乎意料之外的好文章，当即"奇文共欣赏"；不过也淘汰了大批徒有虚名的"名作"。开始以为遍地黄金，捡不胜捡；可沙里淘金一番，才知道好文章实在并不多，每个专题才选了那么几万字，根本不够原定的字数。开学以后又泡图书馆，又翻旧期刊，到1989年春天才初步编好。接着就是撰写各书的前言，不想随意敷衍几句，希望能体现我们的趣味和追求，而这又是颇费斟酌的事。一开始是"玩票"，越做越认真，变成撰写20世纪中国散文史的准备工作。只是因为突然的变故，这套小书的诞生小有周折。

对于我们三人来说，这迟到的礼物，最大的意义是纪念当初那愉快的学术对话。就为了编这几本小书，居然"大动干戈"，脸红耳赤了好几回，实在不够洒脱。现在回想起来，确实有点好笑。总有人问，你们三个弄了大半天，就编了这几本小书，值得吗？我也说不清。似乎做学问有时也得讲兴致，不能老是计算"成本"和"利润"。惟一有点遗憾的是，书出得不如以前想象的那么好看。

这套小书最表面的特征是选文广泛和突出文化意味，而其根本则是我们对"散文"的独特理解。从章太炎、梁启超一直选到汪曾祺、贾平凹，这自然是与我们提出的"20世纪中国文学"概念密切相关。之所以选入部分清末民初半文半白甚至纯粹文言的文章，目的是借此凸现20世纪中国散文与传统散文的联系。鲁迅说五四文学发展中"散文小品的成功，几乎在小说戏曲和诗歌之上"（《小品文的危机》），原因大概是散文小品稳中求变，守旧出新，更多得到传统文学的滋养。周作人突出明末公安派文学与新文学的精神联系（《杂拌儿跋》和《中国新文学的源流》），反对将五四文学视为欧美文学的移植，这点很有见地。但如以散文为例，单讲输入的速写（Sketch）、随笔（Essay）和"阜利通"（Feuilleton）固然不够，再搭上明末小品的影响也还不够；魏晋的清谈，唐末的杂文，宋人的语录，还有唐宋八大家乃至"桐城谬种选学妖孽"，都曾在本世纪的中国散文中产生过遥远而深沉的回音。

面对这一古老而又生机勃勃的文体，学者们似乎有点手足无措。五四时输出"美文"的概念，目的是想证明用白话文也能写出好文章。可"美文"概念很容易被理解为只能写景和抒情；虽然由于鲁迅杂文的成就，政治批评和文学批评的短文，也被划入散文的范围，却总归不是嫡系。世人心目中的散文，似乎只能是风花雪月加上悲欢离合，还有一连串莫名其妙的比喻和形容词，甜得发腻，或者借用徐志摩的话："浓得化不开"。至于学者式重知识重趣味的疏淡的闲话，有点苦涩，有点清幽，虽不大容易为入世未深的青年所欣赏，却更得中国古代散文的神韵。不只是逃避过分华丽的辞藻，也不只是落笔时的自然大方，这种雅致与潇洒，更多的是一种心态、一种学养，一种无以名之但确能体会到的"文化味"。比起小说、诗歌、戏剧来，散文更讲浑然天成，更难造假与敷衍，更依赖于作者的才情、悟性与意趣——因其"技术性"不强，很容易写，但很难写好，这是一种"看似容易成却难"的文体。

选择一批有文化意味而又妙趣横生的散文分专题汇编成册，一方面是让读者体会到"文化"不仅凝聚在高文典册上，而且渗透在日常生活中，落实为你所熟悉的一种情感，一种心态，一种习俗，一种生活方式；另一方面则是希望借此改变世人对散文的偏见。让读者自己品味这些很少写景"也不怎么"抒情"的"闲话"，远比给出一个我们认为准确的"散文"定义更有价值。

当然，这只是对20世纪中国散文的一种读法，完全可以有另外的眼光另外的读法。在很多场合，沉默本身比开口更有力量，空白也比文字更能说明问题。细心的读者不难发现我们淘汰了不少名家名作，这可能会引起不少人的好奇和愤怒。无意故作惊人之语，只不过是忠实于自己的眼光和趣味，再加上"漫说文化"这一特殊视角。不敢保证好文章都能入选，只是入选者必须是好文章，因为这毕竟不是以艺术成就高低为惟一取舍标准的散文选。希望读者能接受这有个性有锋芒因而也就可能有偏见的"漫说文化"。

1992年9月8日于北大

扫一扫，
收听有声版 ♫

| 附 记 |

　　旧书重刊，是大好事，起码证明自己当初的努力不算太失败。十五年后翩然归来，依照惯例，总该有点交代。可这"新版序言"，起了好几回头，全都落荒而逃。原因是，写来写去，总摆脱不了十二年前那则旧文的影子。

　　因为突然的情事变故，这套书的出版略有耽搁——前五本刊行于1990年，后五本两年后方才面世。以当年的情势，这套无关家国兴亡的"闲书"，没有胎死腹中，已属万幸。更让我们感到欣慰的是，这十册小书出版后，竟大获好评，获得首届（1992）新闻出版署直属出版社优秀图书选题一等奖。我还因此应邀撰写了这则刊登在1992年11月18日《北京日报》上的《漫说"漫说文化"》。

此文日后收入湖南教育出版社版《漫说文化》（1997）和北京大学出版社版《二十世纪中国文学三人谈·漫说文化》（2004），流传甚广。与其翻来覆去，车轱辘般说那么几句老话，还不如老老实实地引入这则旧文，再略加补正。

丛书出版后，记得有若干书评，多在叫好的同时，借题发挥。这其实是好事，编者虽自有主张，但文章俱在，读者尽可自由驰骋。一套书，能引起大家的阅读兴趣，让其体悟到"另一种散文"的魅力，或者关注"日常"与"细节"，落实"生活的艺术"，作为编者，我们于愿足矣。

这其中，惟一让我们很不高兴的是，香港勤＋缘出版社从人民文学出版社购得该丛书版权，然后大加删改，弄得面目全非，惨不忍睹。刚出了一册《男男女女》，就被我们坚决制止了。说来好笑，虽然只是编的书，也都像对待自家孩子一样，不希望被人肆意糟蹋。

也正因此，每当有出版社表示希望重刊这套丛书时，我们的要求很简单：保持原貌。因为，这代表了我们那个时候的眼光与趣味，从一个侧面凸现了神采飞扬的八十年代，其优长与局限具有某种"史"的意义。很感谢复旦大学出版社，除了体谅我们维护原书完整性的苦心，还答应帮助解除人文版印刷不够精美的遗憾。

2005年4月13日于京西圆明园花园

| 导 读 |

钱理群

自从中国大门打开以后，我们就开始说"东"道"西"。

而且不停地"说"——从上世纪中叶"说"到现在，恐怕还要继续"说"下去，差不多成了"世纪性"甚至"超世纪性"的话题。

而且众"说"纷纭。你"说"过来我"道"过去，几乎没有一个现代知识分子不曾就这个"永远的热门"发表过高见，与此相关的著作不说"汗牛充栋"，大概也难以计数；至于普通老百姓在茶余饭后乘兴发表的妙论，更是随处可闻，可惜无人记载，也就流传不下来。

流传下来的，有体系严密的宏文伟论，也有兴之所至的随感。尽管仍然是知识分子的眼光，但因为是毫不经意之中"侃"出来的，也就更见"真性情",或者说,更能显出讲话人(中国现代知识分子)在说"东"道"西"之时的心态、风貌与气度。这,也正是我们的兴趣所在;与其关心"说什么",还不如关心"以怎样的姿态"去说——这也许更是一种"文学"的观照吧。

以此种态度去读本集中的文章,我们首先感受到的是以"世界民"自居的全球意识,由此而产生的恢宏的眼光,人类爱的博大情怀。周作人写过一篇题为《结缘豆》的文章,说他喜欢佛教里"缘"这个字,"觉得颇能说明人世间的许多事情","却更带一点儿诗意";在某种意义上,所谓"全球意识",就是对自我(以及本民族)与生活在地球上的其他人(以及其他民族)之间所存在的"缘分"的发现,这种"发现"是真正富有诗意的。只要读一读收入本集中的周作人所写的《缘日》、《关于雷公》、《日本的衣食住》等文,就不难体会到,他们那一代人从民俗的比较、研究中,发现了中国人、中国文化与隔海相望的日本人、日本文化内在的相通与相异时,曾经产生过怎样的由衷的喜悦,那自然流露的会心的微笑,是十分感人的。而在另外一些作家例如鲁迅那里,他从"中国(中国人)"与"世界(世界民)"关系中发现的是"中国(中国人)""国粹"太多(也即历史传统的包袱过于沉重),"太特别,便难与种种人协同生长,挣得地位",从而产生了"中国(中国人)"如不事变革,便"要从'世界人'中挤出"的"大恐惧"(《随感录·三十六》),这种成为"世界(人类)孤儿"的孤独感与危机感,同样是感人的。而拥有这种自觉的民族"孤独感"的，又仅仅是鲁迅这样的少数敏感的知识分子，在当时，民族的大多数仍沉溺于"合群的爱国的自大"的迷狂，先驱者就愈加陷入孤独寂寞的大泽之中，如周作人所说，这是"在人群中"所感到的"不可堪的寂寞"，真"有如在庙会时挤在潮水般的人丛里，特别像是一片树叶，与一切绝缘而孤立着"。我们前面所说与世界人"结缘"的喜悦里其实是内含着淡淡的、难以言传的哀愁与孤寂之苦的。我们说"人类意识"的"博大情怀"，原是指一种相当丰富、复杂的感情世界：人类爱与人类忧患总是互相纠结为一体，这其间具有深厚度的"诗意"，是需要我们细心体味，切切不可简单化的。

同样引人注目的是，前辈人在说"东"道"西"时所显示的平等、独立意识。如鲁迅所说，这原本也是中国的"国粹"；遥想汉唐人"多少闳放"，"魄力究竟雄大"，"人民具有不至于为异族奴隶的自信心"，"凡取用外来事物的时候，就如将彼俘来一样，自由驱使，绝不介怀"，只有到了近代，封建制度"衰弊陵夷之际"，这才神经衰弱过敏起来，"每遇外国东西，便觉得仿佛彼来俘我一样，推拒，惶恐，退缩，逃避，抖成一团"了（《看镜有感》），鲁迅在二、三十年代一再地大声疾呼，要恢复与建立"民族自信心"，这是抓住了"要害"的。读者如果有兴趣读一读收入本集中的林语堂的《中国文化之精神》与《傅雷家书》的选录，自不难发现，其中的"自信"，作者的立足点是：在"人类文化"的发展面前，各民族的文化是平等的，他们各自的独立"个性"

都应当受到尊重。因此，作者才能以那样平和的语调，洒脱的态度，对各民族（自然包括本民族）文化的优劣得失，作自由无羁的评说。这里所持的"人类文化"的价值尺度与眼光，并不排斥文化评价中的民族意识，但却与民族自大、自卑（这是可以迅速转化的两极）的心理变态根本无缘，而表现出更为健全的民族心态：它既自尊，清楚自己的价值；又自重，绝不以否定或攀援别一民族的文化来换取对自己的肯定；更以清醒的自我批判精神，公开承认自己的不足，保持一面向世界文化开放，一面又不断进行自我更新的态势。这正是民族文化，以至整个民族振兴的希望所在。近年来，人们颇喜欢谈"传统"；那么，这也是一种"传统"，是"五四"所开创的"传统"，我们应该认真地加以总结与发扬，这大概是"不言而喻"的吧。

读者也许还会注意到，许多作者在说"东"道"西"时，字里行间常充满了幽默感。这些现代知识分子，一旦取得了"世界民"的眼光、胸襟，以清醒的理性精神，去考察"东"、"西"文化，就必然取得"观照的距离"，站在"人类文化"的制高点上，"东"、"西"文化在互为参照之下，都同时显示出自身的谬误与独特价值，这既"可笑"又"可爱"的两个侧面，极大地刺激了作家们的幽默感，在"忍俊不禁"之中，既包孕着慈爱与温馨，又内含着苦涩；这样的"幽默"，丰厚而不轻飘，既耐品味，又引人深思，是可以把读者的精神升华到一个新的境界的。

扫一扫，
♫ 收听有声版

一九八九年五月十二日写毕
一九九一年十二月十一日再修改

目　录
contents

呵旁观者文

梁启超

天下最可厌可憎可鄙之人，莫过于旁观者。

旁观者，如立于东岸，观西岸之火灾，而望其红光以为乐；如立于此船，观彼船之沉溺，而睹其凫浴以为欢。若是者，谓之阴险也不可，谓之狠毒也不可，此种人无以名之，名之曰无血性。嗟乎，血性者人类之所以生，世界之所以立也，无血性则是无人类无世界也。故旁观者，人类之蟊贼，世界之仇敌也。

人生于天地之间，各有责任。知责任者大丈夫之始也，行责任者大丈夫之终也。自放弃其责任，则是自放弃其所以为人之具也。是故人也者，对于一家而有一家之责任，对于一国而有一国之责任，对于世界而有世界之责任。一家之人各各自放弃其责任，则家必落；一国之人各各自放弃其责任，则国必亡；全世界人人各各自放弃其责任，则世界必毁。旁观云者，放弃责任之谓也。

中国词章家有警语二句曰："济人利物非吾事，自有周公孔圣人。"中国寻常人有熟语二句，曰："各人自扫门前雪，不管他人瓦上霜。"此数语者，实旁观派之经典也，口号也。而此种经典口号，深入于全国人之脑中，拂之不去，涤之不净。质而言之，即旁观二字代表吾全国人之性质。是即无血性三字为吾全国人所专有物也。呜呼，吾为此惧。

旁观者，立于客位之意义也。天下事不能有客而无主。譬之一家，大而教训其子弟，综核其财产，小而启闭其门户，洒扫其庭除，皆主人之事也。主人为谁，即一家之人是也。一家之人，各尽其主人之职而家以成。若一家之人各自立于客位，父诿之于子，子诿之于父，兄诿之于弟，弟诿之于兄，夫诿之于妇，妇诿之于夫，是之谓无主之家。无主之家，其败亡可立而待也。惟国亦然。一国之主人为谁，即一国之人是也。西国之所以强者无他焉，一国之人各尽其主人之职而已。中国则不然。入其国，问其主人为谁，莫之承也。将谓百姓为主人欤，百姓曰：此官吏之事也，我何与焉。将谓官吏为主人欤，官吏曰：我之尸此位也，为吾威势耳，为吾利源耳，其他我何知焉。若是乎一国虽大，竟无一主人也。无主人之国，则奴仆从而弄之，盗贼从而夺之，固宜，诗曰：子有庭内，弗洒弗扫；子有钟鼓，弗鼓弗考；宛其死矣，他人是保。此天理所必至也，于人乎何尤。

夫对于他人之家他人之国而旁观焉，犹可言也。何也，我固客也。

侠者之义，虽对于他国他家，亦不当旁观，今姑置勿论。对于吾家吾国而旁观焉，不可言也。何也，我固主人也。我尚旁观，而更望谁之代吾责也。大抵家国之盛衰兴亡，恒以其家中国中旁观者之有无多少为差。国人无一旁观者，国虽小而必兴；国人尽为旁观者，国虽大而必亡。今吾观中国四万万人，皆旁观者也。谓余不信，请征其流派。

一曰浑沌派。此派者，可谓之无脑筋之动物也。彼等不知有所谓世界，不知有所谓国，不知何者为可忧，不知何者为可惧。质而论之，即不知人世间有应做之事也。饥而食，饱而游，困而睡，觉而起，户以内即其小天地，争一钱可以陨身命。彼等既不知有事，何所谓办与不办。既不知有国，何所谓亡与不亡。譬之游鱼居将沸之鼎，犹误为水暖之春江；巢燕处半火之堂，犹疑为照屋之出日。彼等之生也，如以机器制成者，能运动而不能知觉。其死也，如以电气殛毙者，有堕落而不有苦痛，蠕蠕然度数十寒暑而已。彼等虽为旁观者，然曾不自知其为旁观者，吾命之为旁观派中之天民。四万万人中属于此派者，殆不止三万五千万人。然此又非徒不识字不治生之人而已。天下固有不识字不治生之人而不浑沌者，亦有号称能识字能治生之人而实大浑沌者。大抵京外大小数十万之官吏，应乡会岁科试数百万之士子，满天下之商人，皆于其中十有九属于此派者。

二曰为我派。此派者，俗语所谓遇雷打尚按住荷包者也。事之当办，彼非不知；国之将亡，彼非不知。虽然，办此事而无益于我，则我惟旁观而已。亡此国而无损于我，则我惟旁观而已，若冯道当五季鼎沸之际，朝梁夕晋，犹以五朝元老自夸，张之洞自言瓜分之后，尚不失为小朝廷大臣，皆此类也。彼等在世界中，似是常立于主位而非立于客位者。虽然，不过以公众之事业，而计其一己之利害。若夫公众之利害，则彼始终旁观者也。吾昔见日本报纸中有一段，最能摹写此辈情形者。其言曰：

> 吾尝游辽东半岛，见其沿道人民，察其情态，彼等于国家存亡危机，如不自知者。彼等之待日本军队，不见为敌人，而见为商店之主顾客。彼等心目中不知有辽东半岛割归日本与否之问题。惟知有日本银色与纹银兑换补水几何之问题。

此实写出魑魅罔两之情状，如禹鼎铸奸矣。推为我之敌。割数千里之地，赔数百兆之款，以易其衙门咫尺之地，而曾无所顾惜。何也，吾今者既已六七十矣，但求目前数年无事，至一瞑之后，虽天翻地覆非所问也。明知官场积习之当改而必不肯改，吾衣领饭碗之所在也。明知学校科举之当变而不肯变，吾子孙出身之所由他。此派者，以老聃为先圣，以杨朱为先师，一国中无论为官为绅为士为商，其据要津握重权者皆此辈也。故此派有左右世界之力量。一国聪明才智之士，皆走集于其旗下。而方在萌芽卵孵之少年子弟，转率仿效之。如麻疯肺病者传其种于子孙，故遗毒遍于天下，此为旁观派中之最有魔力者。

三曰：呜呼派。何谓呜呼派，彼辈以咨嗟太息痛哭流涕为独一无二之事业者也。其面常有忧国之容，其口不少哀时之语。告以事之当办，彼则曰诚当办也，奈无从办起何。告以国之已危，彼则曰诚极危也，奈已无可救何。再穷诘之，彼则曰：国运而已，天心而已。无可奈何四字是其口诀，束手待毙一语是其真传。如见火之起，不务扑灭，而太息于火势之炽炎，如见人之溺，不思拯援，而痛恨于波涛之澎湃。此派者，彼固自谓非旁观者也，然他人之旁观也以目，彼辈之旁观也以口，彼辈非不关心国事，然以国事为诗料，非不好言时务，然以时务为谈资者也。吾人读波兰灭亡之记，埃及惨状之史，何尝不为之感叹，然无益于波兰埃及者，以吾固旁观也。吾人见菲律宾与美血战，何尝不为之起敬，然无助于菲律宾者，以吾固旁观也。所谓呜呼派者，何以异是。此派似无补于世界，亦无害于世界者，虽然，灰国民之志气，阻将来之进步，其罪实不薄也。此派者，一国中号称名士者皆归之。

四曰：笑骂派。此派者，谓之旁观，宁谓之后观。以其常立于人之背后，而以冷言热语批评人者也。彼辈不惟自为旁观者，又欲逼人使不得不为旁观者。既骂守旧，亦骂维新；既骂小人，亦骂君子。对老辈则骂其暮气已深，对青年则骂其躁进喜事。事之成也，则曰竖子成名；事之败也，则曰吾早料及。彼辈常自立于无可指摘之地，何也，不办事故无可指摘，旁观故无可指摘。己不办事，而立于办事者之后，引绳批根以嘲讽掊击，此最巧黠之术，而使勇者所以短气，怯者所以灰心也。岂直使人灰心短气而已，而将成之事，彼辈必以笑骂沮之；已成之事，彼辈能以笑骂败之，故彼辈者世界之阴人也。夫排斥人未尝不可，已有主义欲伸之，而排斥他人之主义，此西国政党所不讳也。然彼笑骂派果有何主义乎。譬之孤舟遇风于大洋，彼辈骂风骂波骂大洋骂孤舟，乃至遍骂同舟之人。若问此船当以何术可达彼岸乎，彼等瞠然无对也。何也，彼辈借旁观以行笑骂，失旁观之地位，则无笑骂也。

五曰：暴弃派。呜呼派者，以天下为无可为之事。暴弃派者，以我为无可为之人也。笑骂派者，常责人而不责己。暴弃派者，常望人而不望己也。彼辈之意，以为一国四百兆人，其三百九十九兆九亿九万九千九百九十九人中，才智不知几许，英杰不知几许，我之一人岂足轻重。推此派之极弊，必至四百兆人，人人皆除出自己，而以国事望诸其余之三百九十九兆九亿九万九千九百九十九人。统计而互消之，则是四百兆人，卒至实无一人也。夫国事者，国民人人各自有其责任者也。愈贤智则其责任愈大。即愚不肖亦不过责任稍小而已，不能谓之无也。他人虽有绝大智慧绝大能力，只能尽其本身分内之责任，岂能有分毫之代我。譬之欲不食而使善饭者为我代食，欲不寝而使善睡者为我代寝，能乎否乎。夫我虽愚不肖，然既为人矣，即为人类之一分子也，既生此国矣，即为国民之一阿屯也。我暴弃己之一身，犹可言也，污蔑人类之资格，灭损国民之体面，不可言也。故暴弃者实人道之罪人也。

六曰：待时派。此派者有旁观之实，而不自居其名者也。夫待之云者，得不得未可必之词也。吾待至可以办事之时然后办之，若终无其时，则是终不办也。寻常之旁观则旁观人事，彼辈之旁观则旁观天时也。且必如何然后为可以办事之时，岂有定形哉。办事者无时而非可办之时，不办事者无时而非不可办之时。故有志之士，惟造时势而已，未闻有待时势者也。待时云者，欲觇风潮之所向，而从旁拾其余利。向于东则随之而东，向于西则随之而西，是乡愿之本色，而旁观派之最巧者也。

以上六派，吾中国人之性质尽于是矣。其为派不同，而其为旁观者则同。若是乎，吾中国四万万人，果无一非旁观者也。吾中国虽有四万万人，果无一主人也。以无一主人之国，而立于世界生存竞争最剧最烈万鬼环瞰百虎眈视之大舞台，吾不知其如何而可也。六派之中，第一派为不知责任之人，以下五派为不行责任之人。知而不行，与不知等耳。且彼不知者犹有冀焉。冀其他日之知而即行也。若知而不行，则是自绝于天地也。故吾责第一派之人犹浅，责以下五派之人最深。

虽然，以阳明学知行合一之说论之，彼知而不行者，终是未知而已。苟知之极明，则行之必极勇。猛虎在于后，虽跛者或能跃数丈之涧。燎火及于邻，虽弱者或能运千钧之力。何也，彼确知猛虎大火之一至，而吾之性命必无幸也。夫国亡种灭之惨酷，又岂止猛虎大火而已。吾以为举国之旁观者直未知之耳，或知其一二而未知其究竟耳。若真知之，若究竟知之，吾意虽箝其手缄其口，犹不能使之默然而息，块然而坐也。安有悠悠日月，歌舞太平，如此江山，坐付他族，袖手而作壁上之观，面缚以待死期之至，如今日者耶。嗟乎，今之拥高位秩厚禄，与夫号称先达名士有闻于时者，皆一国中过去之人也。如已退院之僧，如已闭房之妇，彼自顾此身之寄居此世界，不知尚有几年，故其于国也有过客之观。其苟且以媮逸乐，袖手以终余年，固无足怪焉。若我辈青年，正一国将来之主人也，与此国为缘之日正长。前途茫茫，未知所届。国之兴也，我辈实躬享其荣；国之亡也，我辈实亲尝其惨。欲避无可避，欲逃无可逃，其荣也非他人之所得攘，其惨也非他人之所得代。言念及此，夫宁可旁观耶，夫宁可旁观耶。吾岂好为深文刻薄之言以骂尽天下哉，毋亦发于不忍旁观区区之苦心，不得不大声疾呼，以为我同胞四万万人告也。

旁观之反对曰任。孔子曰：天下有道，丘不与易也。孟子曰：如欲平治天下，当今之世，舍我其谁也。任之谓也。

（选自《饮冰室合集·文集》2册，中华书局1936年版）

随感录·三十六

扫一扫，
收听有声版 ♫

鲁 迅

现在许多人有大恐惧；我也有大恐惧。

许多人所怕的，是"中国人"这名目要消灭；我所怕的，是中国人要从"世界人"中挤出。

我以为"中国人"这名目，决不会消灭；只要人种还在，总是中国人。譬如埃及犹太人，无论他们还有"国粹"没有，现在总叫他埃及犹太人，未尝改了称呼。可见保存名目，全不必劳力费心。

但是想在现今的世界上，协同生长，挣一地位，即须有相当的进步的智识，道德，品格，思想，才能够站得住脚：这事极须劳力费心。而"国粹"多的国民，尤为劳力费心，因为他的"粹"太多。粹太多，便太特别。太特别，便难与种种人协同生长，挣得地位。

有人说："我们要特别生长；不然，何以为中国人！"

于是乎要从"世界人"中挤出。

于是乎中国人失了世界，却暂时仍要在这世界上住！——这便是我的大恐惧。

（选自《鲁迅全集》1卷，人民文学出版社1981年版）

随感录·三十八

鲁迅

　　中国人向来有点自大。——只可惜没有"个人的自大"，都是"合群的爱国的自大"。这便是文化竞争失败之后，不能再见振拔改进的原因。

　　"个人的自大"，就是独异，是对庸众宣战。除精神病学上的夸大狂外，这种自大的人，大抵有几分天才，——照 Nordau 等说，也可说就是几分狂气。他们必定自己觉得思想见识高出庸众之上，又为庸众所不懂，所以愤世疾俗，渐渐变成厌世家，或"国民之敌"。但一切新思想，多从他们出来，政治上宗教上道德上的改革，也从他们发端。所以多有这"个人的自大"的国民，真是多福气！多幸运！

　　"合群的自大"，"爱国的自大"，是党同伐异，是对少数的天才宣战；——至于对别国文明宣战，却尚在其次。他们自己毫无特别才能，可以夸示于人，所以把这国拿来做个影子；他们把国里的习惯制度抬得很高，赞美的了不得：他们的国粹，既然这样有荣光，他们自然也有荣光了！倘若遇见攻击，他们也不必自去应战，因为这种蹲在影子里张目摇舌的人，数目极多，只须用 mob 的长技，一阵乱噪，便可制胜。胜了，我是一群中的人，自然也胜了；若败了时，一群中有许多人，未必是我受亏：大凡聚众滋事时，多具这种心理，也就是他们的心理。他们举动，看似猛烈，其实却很卑怯。至于所生结果，则复古，尊王，扶清灭洋等等，已领教得多了。所以多有这"合群的爱国的自大"的国民，真是可哀，真是不幸！

不幸中国偏只多这一种自大：古人所作所说的事，没一件不好，遵行还怕不及，怎敢说到改革？这种爱国的自大家的意见，虽各派略有不同，根柢总是一致，计算起来，可分作下列五种：

甲云："中国地大物博，开化最早；道德天下第一。"这是完全自负。

乙云："外国物质文明虽高，中国精神文明更好。"

丙云："外国的东西，中国都已有过；某种科学，即某子所说的云云"，这两种都是"古今中外派"的支流；依据张之洞的格言，以"中学为体西学为用"的人物。

丁云："外国也有叫化子，——（或云）也有草舍，——娼妓，——臭虫。"这是消极的反抗。

戊云："中国便是野蛮的好。"又云："你说中国思想昏乱，那正是我民族所造成的事业的结晶。从祖先昏乱起，直要昏乱到子孙；从过去昏乱起，直要昏乱到未来。……（我们是四万万人，）你能把我们灭绝么？"
这比"丁"更进一层，不去拖人下水，反以自己的丑恶骄人；至于口气
的强硬，却很有《水浒传》中牛二的态度。

五种之中，甲乙丙丁的话，虽然已很荒谬，但同戊比较，尚觉情有
可原，因为他们还有一点好胜心存在。譬如衰败人家的子弟，看见别家
兴旺，多说大话，摆出大家架子；或寻求人家一点破绽，聊给自己解嘲。
这虽然极是可笑，但比那一种掉了鼻子，还说是祖传老病，夸示于众的人，
总要算略高一步了。

戊派的爱国论最晚出，我听了也最寒心；这不但因其居心可怕，实
因他所说的更为实在的缘故。昏乱的祖先，养出昏乱的子孙，正是遗传
的定理。民族根性造成之后，无论好坏，改变都不容易的。法国 G.Le Bon
著《民族进化的心理》中，说及此事道（原文已忘，今但举其大意）——"我
们一举一动，虽似自主，其实多受死鬼的牵制。将我们一代的人，和先
前几百代的鬼比较起来，数目上就万不能敌了。"我们几百代的祖先里面，
昏乱的人，定然不少：有讲道学的儒生，也有讲阴阳五行的道士，有静
坐炼丹的仙人，也有打脸打把子的戏子。所以我们现在虽想好好做"人"，
难保血管里的昏乱分子不来作怪，我们也不由自主，一变而为研究丹田
脸谱的人物：这真是大可寒心的事。但我总希望这昏乱思想遗传的祸害，
不至于有梅毒那样猛烈，竟至百无一免。即使同梅毒一样，现在发明了
六百零六，肉体上的病，既可医治：我希望也有一种七百零七的药，可
以医治思想上的病。这药原来也已发明，就是"科学"一味。只希望那

班精神上掉了鼻子的朋友，不要又打着"祖传老病"的旗号来反对吃药，中国的昏乱病，便也总有全愈的一天。祖先的势力虽大，但如从现代起，立意改变：扫除了昏乱的心思，和助成昏乱的物事（儒道两派的文书），再用了对症的药，即使不能立刻奏效，也可把那病毒略略廓淡。如此几代之后待我们成了祖先的时候，就可以分得昏乱祖先的若干势力，那时便有转机，Le Bon 所说的事，也不足怕了。

以上是我对于"不长进的民族"的疗救方法；至于"灭绝"一条，那是全不成话，可不必说。"灭绝"这两个可怕的字，岂是我们人类应说的？只有张献忠这等人曾有如此主张，至今为人类唾骂；而且于实际上发生出什么效验呢？但我有一句话，要劝戊派诸公。"灭绝"这句话，只能吓人，却不能吓倒自然。他是毫无情面：他看见有自向灭绝这条路走的民族，便请他们灭绝，毫不客气。我们自己想活，也希望别人都活；不忍说他人的灭绝，又怕他们自己走到灭绝的路上，把我们带累了也灭绝，所以在此着急。倘使不改现状，反能兴旺，能得真实自由的幸福生活，那就是做野蛮也很好。——但可有人敢答应说"是"么？

（选自《鲁迅全集》1卷，人民文学出版社1981年版）

灯下漫笔

鲁迅

一

有一时，就是民国二三年时候，北京的几个国家银行的钞票，信用日见其好了，真所谓蒸蒸日上。听说连一向执迷于现银的乡下人，也知道这既便当，又可靠，很乐意收受，行使了。至于稍明事理的人，则不必是"特殊知识阶级"，也早不将沉重累坠的银元装在怀中，来自讨无谓的苦吃。想来，除了多少对于银子有特别嗜好和爱情的人物之外，所有的怕大都是钞票了罢，而且多是本国的。但可惜后来忽然受了一个不小的打击。

就是袁世凯想做皇帝的那一年，蔡松坡先生溜出北京，到云南去起义。这边所受的影响之一，是中国和交通银行的停止兑现。虽然停止兑现，政府勒令商民照旧行用的威力却还有的，商民也自有商民的老本领，不说不要，却道找不出零钱。假如拿几十几百的钞票去买东西，我不知道怎样，但倘使只要买一枝笔，一盒烟卷呢，难道就付给一元钞票么？不但不甘心，也没有这许多票。那么，换铜元，少换几个罢，又都说没有铜元。那么，到亲戚朋友那里借现钱去罢，怎么会有？于是降格以求，不讲爱国了，要外国银行的钞票。但外国银行的钞票这时就等于现银，他如果借给你这钞票，也就借给你真的银元了。

我还记得那时我怀中还有三四十元的中交票，可是忽而变了一个穷人，几乎要绝食，很有些恐慌。俄国革命以后的藏着纸卢布的富翁的心情，恐怕也就这样的罢；至多，不过更深更大罢了。我只得探听，钞票可能折价换到现银呢？说是没有行市。幸而终于，暗暗地有了行市了；六折几。我非常高兴，赶紧去卖了一半。后来又涨到七折了，我更非常高兴，全去换了现银，沉垫垫地坠在怀中，似乎这就是我的性命的斤两。倘在平时，钱铺子如果少给我一个铜元，我是决不答应的。

但我当一包现银塞在怀中，沉垫垫地觉得安心，喜欢的时候，却突然起了另一思想，就是：我们极容易变成奴隶，而且变了之后，还万分喜欢。

假如有一种暴力，"将人不当人"，不但不当人，还不及牛马，不算什么东西；待到人们羡慕牛马，发生"乱离人，不及太平犬"的叹息的时候，然后给与他略等于牛马的价格，有如元朝定律，打死别人的奴隶，赔一头牛，则人们便要心悦诚服，恭颂太平的盛世。为什么呢？因为他虽不算人，究竟已等于牛马了。

我们不必恭读《钦定二十四史》，或者入研究室，审察精神文明的高超。只要一翻孩子所读的《鉴略》，——还嫌烦重，则看《历代纪元编》，就知道"三千余年古国古"的中华，历来所闹的就不过是这一个小玩艺。但在新近编纂的所谓"历史教科书"一流东西里，却不大看得明白了，只仿佛说：咱们向来就很好的。

但实际上，中国人向来就没有争到过"人"的价格，至多不过是奴隶，到现在还如此，然而下于奴隶的时候，却是数见不鲜的。中国的百姓是中立的，战时连自己也不知道属于那一面，但又属于无论那一面。强盗来了，就属于官，当然该被杀掠；官兵既到，该是自家人了罢，但仍然要被杀掠，仿佛又属于强盗似的。这时候，百姓就希望有一个一定的主子，拿他们去做百姓，——不敢，是拿他们去做牛马，情愿自己寻草吃，只求他决定他们怎样跑。

假使真有谁能够替他们决定，定下什么奴隶规则来，自然就"皇恩浩荡"了。可惜的是往往暂时没有谁能定。举其大者，则如五胡十六国的时候，黄巢的时候，五代时候，宋末元末时候，除了老例的服役纳粮以外，都还要受意外的灾殃。张献忠的脾气更古怪了，不服役纳粮的要杀，服役纳粮的也要杀，敌他的要杀，降他的也要杀：将奴隶规则毁得粉碎。这时候，百姓就希望来一个另外的主子，较为顾及他们的奴隶规则的，无论仍旧，或者新颁，总之是有一种规则，使他们可上奴隶的轨道。

"时日曷丧，予及汝偕亡！"愤言而已，决心实行的不多见。实际上大概是群盗如麻，纷乱至极之后，就有一个较强，或较聪明，或较狡猾，或是外族的人物出来，较有秩序地收拾了天下。厘定规则：怎样服役，怎样纳粮，怎样磕头，怎样颂圣。而且这规则是不像现在那样朝三暮四的。于是便"万姓胪欢"了；用成语来说，就叫作"天下太平"。

任凭你爱排场的学者们怎样铺张，修史时候设些什么"汉族发祥时代""汉族发达时代""汉族中兴时代"的好题目，好意诚然是可感的，但措辞太绕湾子了。有更其直捷了当的说法在这里——

一，想做奴隶而不得的时代；

二，暂时做稳了奴隶的时代。

这一种循环，也就是"先儒"之所谓"一治一乱"；那些作乱人物，从后日的"臣民"看来，是给"主子"清道辟路的，所以说："为圣天子驱除云尔。"

现在入了那一时代，我也不了然。但看国学家的崇奉国粹，文学家的赞叹固有文明，道学家的热心复古，可见于现状都已不满了。然而我们究竟正向着那一条路走呢？百姓是一遇到莫名其妙的战争，稍富的迁进租界，妇孺则避入教堂里去了，因为那些地方都比较的"稳"，暂不至于想做奴隶而不得。总而言之，复古的，避难的，无智愚贤不肖，似乎都已神往于三百年前的太平盛世，就是"暂时做稳了奴隶的时代"了。

但我们也就都像古人一样，永久满足于"古已有之"的时代么？都像复古家一样，不满于现在，就神往于三百年前的太平盛世么？

自然，也不满于现在的，但是，无须反顾，因为前面还有道路在。而创造这中国历史上未曾有过的第三样时代，则是现在的青年的使命！

二

但是赞颂中国固有文明的人们多起来了，加之以外国人。我常常想，凡有来到中国的，倘能疾首蹙额而憎恶中国，我敢诚意地捧献我的感谢，因为他一定是不愿意吃中国人的肉的！

鹤见祐辅氏在《北京的魅力》中，记一个白人将到中国，预定的暂住时候是一年，但五年之后，还在北京，而且不想回去了。有一天，他们两人一同吃晚饭——

"在圆的桃花心木的食桌前坐定，川流不息地献着山海的珍味，谈话就从古董，画，政治这些开头。电灯上罩着支那式的灯罩，淡淡的光洋溢于古物罗列的屋子中。什么无产阶级呀，Proletariat 呀那些事，就像不过在什么地方刮风。"

"我一面陶醉在支那生活的空气中，一面深思着对于外人有着

'魅力'的这东西。元人也曾征服支那，而被征服于汉人种的生活美了；满人也征服支那，而被征服于汉人种的生活美了。现在西洋人也一样，嘴里虽然说着Democracy呀，什么什么呀，而却被魅于支那人费六千年而建筑起来的生活的美。一经住过北京，就忘不掉那生活的味道。大风时候的万丈的沙尘，每三月一回的督军们的开战游戏，都不能抹去这支那生活的魅力。"

这些话我现在还无力否认他。我们的古圣先贤既给与我们保古守旧的格言，但同时也排好了用子女玉帛所做的奉献于征服者的大宴。中国人的耐劳，中国人的多子，都就是办酒的材料，到现在还为我们的爱国者所自诩的。西洋人初入中国时，被称为蛮夷，自不免个个蹙额，但是，现在则时机已至，到了我们将曾经献于北魏，献于金，献于元，献于清的盛宴，来献给他们的时候了。出则汽车，行则保护：虽遇清道，然而通行自由的；虽或被劫，然而必得赔偿的；孙美瑶掳去他们站在军前，还使官兵不敢开火。何况在华屋中享用盛宴呢？待到享受盛宴的时候，自然也就是赞颂中国固有文明的时候；但是我们的有些乐观的爱国者，也许反而欣然色喜，以为他们将要开始被中国同化了罢。古人曾以女人作苟安的城堡，美其名以自欺曰"和亲"，今人还用子女玉帛为作奴的赞敬，又美其名曰"同化"。所以倘有外国的谁，到了已有赴宴的资格的现在，而还替我们诅咒中国的现状者，这才是真有良心的真可佩服的人！

但我们自己是早已布置妥帖了，有贵贱，有大小，有上下。自己被人凌虐，但也可以凌虐别人；自己被人吃，但也可以吃别人。一级一级的制驭着，不能动弹，也不想动弹了。因为倘一动弹，虽或有利，然而也有弊。我们且看古人的良法美意罢——

"天有十日，人有十等。下所以事上，上所以共神也。故王臣公，公臣大夫，大夫臣士，士臣皁，皁臣舆，舆臣隶、隶臣僚，僚臣仆，仆臣台。"（《左传》昭公七年）

但是"台"没有臣，不是太苦了么？无须担心的，有比他更卑的妻，更弱的子在。而且其子也很有希望，他日长大，升而为"台"，便又有更卑更弱的妻子，供他驱使了。如此连环，各得其所，有敢非议者，其罪名曰不安分！

虽然那是古事，昭公七年离现在也太辽远了，但"复古家"尽可不必悲观的。太平的景象还在：常有兵燹，常有水旱，可有谁听到大叫唤么？打的打，革的革，可有处士来横议么？对国民如何专横，向外人如何柔媚，不犹是差等的遗风么？中国固有的精神文明，其实并未为共和二字所埋没，只有满人已经退席，和先前稍不同。

因此我们在目前，还可以亲见各式各样的筵宴，有烧烤，有翅席，有便饭，有西餐。但茅檐下也有淡饭，路傍也有残羹，野上也有饿莩；

有吃烧烤的身价不资的阔人，也有饿得垂死的每斤八文的孩子（见《现代评论》二十一期）。所谓中国的文明者，其实不过是安排给阔人享用的人肉的筵宴。所谓中国者，其实不过是安排这人肉的筵宴的厨房。不知道而赞颂者是可恕的，否则，此辈当得永远的诅咒！

外国人中，不知道而赞颂者，是可恕的；占了高位，养尊处优，因此受了蛊惑，昧却灵性而赞叹者，也还可恕的。可是还有两种，其一是以中国人为劣种，只配悉照原来模样，因而故意称赞中国的旧物。其一是愿世间人各不相同以增自己旅行的兴趣，到中国看辫子，到日本看木屐，到高丽看笠子，倘若服饰一样，便索然无味了，因而来反对亚洲的欧化，这些都可憎恶。至于罗素在西湖见轿夫含笑，便赞美中国人，则也许别有意思罢。但是，轿夫如果能对坐轿的人不含笑，中国也早不是现在似的中国了。

这文明，不但使外国人陶醉，也早使中国一切人们无不陶醉而且至于含笑。因为古代传来而至今还在的许多差别，使人们各各分离，遂不能再感到别人的痛苦；并且因为自己各有奴使别人，吃掉别人的希望，便也就忘却自己同有被奴使被吃掉的将来。于是大小无数的人肉的筵宴，即从有文明以来一直排到现在，人们就在这会场中吃人，被吃，以凶人的愚妄的欢呼，将悲惨的弱者的呼号遮掩，更不消说女人和小儿。

这人肉的筵宴现在还排着，有许多人还想一直排下去。扫荡这些食人者，掀掉这筵席，毁坏这厨房，则是现在的青年的使命！

一九二五年四月二十九日

（选自《鲁迅全集》1卷，人民文学出版社1981年版）

看镜有感

扫一扫，
收听有声版 ♫

鲁 迅

　　因为翻衣箱，翻出几面古铜镜子来，大概是民国初年初到北京时候买在那里的，"情随事迁"，全然忘却，宛如见了隔世的东西了。

　　一面圆径不过二寸，很厚重，背面满刻蒲陶，还有跳跃的鼯鼠，沿边是一圈小飞禽。古董店家都称为"海马葡萄镜"。但我的一面并无海马，其实和名称不相当。记得曾见过别一面，是有海马的，但贵极，没有买。这些都是汉代的镜子；后来也有模造或翻沙者，花纹可造粗拙得多了。汉武通大宛安息，以致天马葡萄，大概当时是视为盛事的，所以便取作什器的装饰。古时，于外来物品，每加海字，如海榴，海红花，海棠之类。海即现在之所谓洋，海马译成今文，当然就是洋马。镜鼻是一个虾蟆，则因为镜如满月，月中有蟾蜍之故，和汉事不相干了。

遥想汉人多少闳放，新来的动植物，即毫不拘忌，来充装饰的花纹。唐人也还不算弱，例如汉人的墓前石兽，多是羊，虎，天禄，辟邪，而长安的昭陵上，却刻着带箭的骏马，还有一匹鸵鸟，则办法简直前无古人。现今在坟墓上不待言，即平常的绘画，可有人敢用一朵洋花一只洋鸟，即私人的印章，可有人肯用一个草书一个俗字么？许多雅人，连记年月也必是甲子，怕用民国纪元。不知道是没有如此大胆的艺术家，还是虽有而民众都加迫害，他于是乎只得萎缩，死掉了？

宋的文艺，现在似的国粹气味就熏人。然而辽金元陆续进来了，这消息很耐寻味。汉唐虽然也有边患，但魄力究竟雄大，人民具有不至于为异族奴隶的自信心，或者竟毫未想到，凡取用外来事物的时候，就如将彼俘来一样，自由驱使，绝不介怀。一到衰弊陵夷之际，神经可就衰弱过敏了，每遇外国东西，便觉得仿佛彼来俘我一样，推拒，惶恐，退缩，逃避，抖成一团，又必想一篇道理来掩饰，而国粹遂成为孱王和孱奴的宝贝。

无论从那里来的，只要是食物，壮健者大抵就无需思索，承认是吃的东西。惟有衰病的，却总常想到害胃，伤身，特有许多禁条，许多避忌；还有一大套比较利害而终于不得要领的理由，例如吃固无妨，而不吃尤稳，食之或当有益，然究以不吃为宜云云之类。但这一类人物总要日见其衰弱的，因为他终日战战兢兢，自己先已失了活气了。

不知道南宋比现今如何，但对外敌，却明明已经称臣，惟独在国内特多繁文缛节以及唠叨的碎话。正如倒霉人物，偏多忌讳一般，豁达闳大之风消歇净尽了。直到后来，都没有什么大变化。我曾在古物陈列所所陈列的古画上看见一颗印文，是几个罗马字母。但那是所谓"我圣祖仁皇帝"的印，是征服了汉族的主人，所以他敢；汉族的奴才是不敢的。便是现在，便是艺术家，可有敢用洋文的印的么？

清顺治中，时宪书上印有"依西洋新法"五个字，痛哭流涕来劾洋人汤若望的偏是汉人杨光先。直到康熙初，争胜了，就教他做钦天监正去，则又叩阍以"但知推步之理不知推步之数"辞。不准辞，则又痛哭流涕地来做《不得已》，说道"宁可使中夏无好历法，不可使中夏有西洋人"。然而终于连闰月都算错了，他大约以为好历法专属于西洋人，中夏人自己是学不得，也学不好的。但他竟论了大辟，可是没有杀，放归，死于途中了。汤若望入中国还在明崇祯初，其法终未见用；后来阮元论之曰："明季君臣以大统寝疏，开局修正，既知新法之密，而讫未施行。圣朝定鼎，以其法造时宪书，颁行天下。彼十余年辩论翻译之劳，若以备我朝之采用者，斯亦奇矣！……我国家圣圣相传，用人行政，惟求其是，而不先设成心。即是一端，可以仰见如天之度量矣！"（《畴人传》四十五）

现在流传的古镜们，出自冢中者居多，原是殉葬品。但我也有一面日用镜，薄而且大，规抚汉制，也许是唐代的东西。那证据是：一，镜鼻已多磨损；二，镜面的沙眼都用别的铜来补好了。当时在妆阁中，曾照唐人的额黄和眉绿，现在却监禁在我的衣箱里，它或者大有今昔之感罢。

但铜镜的供用，大约道光咸丰时候还与玻璃镜并行；至于穷乡僻壤，也许至今还用着。我们那里，则除了婚丧仪式之外，全被玻璃镜驱逐了。然而也还有余烈可寻，倘街头遇见一位老翁，肩了长凳似的东西，上面缚着一块猪肝色石和一块青色石，试仔听他的叫喊，就是"磨镜，磨剪刀！"

宋镜我没有见过好的，什九并无藻饰，只有店号或"正其衣冠"等类的迂铭词，真是"世风日下"。但是要进步或不退步，总须时时自出新裁，至少也必取材异域，倘若各种顾忌，各种小心，各种唠叨，这么做即违了祖宗，那么做又像了夷狄，终生惴惴如在薄冰上，发抖尚且来不及，怎么会做出好东西来。所以事实上"今不如古"者，正因为有许多唠叨着"今不如古"的诸位先生们之故。现在情形还如此。倘再不放开度量，大胆地，无畏地，将新文化尽量地吸收，则杨光先似的向西洋主人沥陈中夏的精神文明的时候，大概是不劳久待的罢。

但我向来没有遇见过一个排斥玻璃镜子的人。单知道咸丰年间，汪曰桢先生却在他的大著《湖雅》里攻击过的。他加以比较研究之后，终于决定还是铜镜好。最不可解的是：他说，照起面貌来，玻璃镜不如铜镜之准确。莫非那时的玻璃镜当真坏到如此，还是因为他老先生又带上了国粹眼镜之故呢？我没有见过古玻璃镜，这一点终于猜不透。

一九二五年二月九日

（选自《鲁迅全集》1卷，人民文学出版社1981年版）

论照相之类

扫一扫，
收听有声版 ♫

鲁 迅

一 材料之类

　　我幼小时候，在 S 城，——所谓幼小时候者，是三十年前，但从进步神速的英才看来，就是一世纪；所谓 S 城者，我不说他的真名字，何以不说之故，也不说。总之，是在 S 城，常常旁听大大小小男男女女谈论洋鬼子挖眼睛。曾有一个女人，原在洋鬼子家里佣工，后来出来了，据说她所以出来的原因，就因为亲见一坛盐渍的眼睛，小鲫鱼似的一层一层积叠着，快要和坛沿齐平了。她为远避危险起见，所以赶紧走。

　　S 城有一种习惯，就是凡是小康之家，到冬天一定用盐来腌一缸白菜，以供一年之需，其用意是否和四川的榨菜相同，我不知道。但洋鬼子之腌眼睛，则用意当然别有所在，惟独方法却大受了 S 城腌白菜法的影响，相传中国对外富于同化力，这也就是一个证据罢。然而状如小鲫鱼者何？答曰：此确为 S 城人之眼睛也。S 城庙宇中常有一种菩萨，号曰眼光娘娘。有眼病的，可以去求祷；愈，则用布或绸做眼睛一对，挂神龛上或左右，以答神庥。所以只要看所挂眼睛的多少，就知道这菩萨的灵不灵。而所挂的眼睛，则正是两头尖尖，如小鲫鱼，要寻一对和洋鬼子生理图上所画似的圆球形者，决不可得。黄帝岐伯尚矣；王莽诛翟义党，分解肢体，令医生们察看，曾否绘图不可知，纵使绘过，现在已佚，徒令"古已有之"而已。宋的《析骨分经》，相传也据目验，《说郛》中有之，我曾看过它，多是胡说，大约是假的。否则，目验尚且如此胡涂，则 S 城人之将眼睛理想化为小鲫鱼，实也无足深怪了。

然而洋鬼子是吃腌眼睛来代腌菜的么？是不然，据说是应用的。一，用于电线，这是根据别一个乡下人的话，如何用法，他没有谈，但云用于电线罢了；至于电线的用意，他却说过，就是每年加添铁丝，将来鬼兵到时，使中国人无处逃走。二，用于照相，则道理分明，不必多赘，因为我们只要和别人对立，他的瞳子里一定有我的一个小照相的。

而且洋鬼子又挖心肝，那用意，也是应用。我曾旁听过一位念佛的老太太说明理由：他们挖了去，熬成油，点了灯，向地下各处去照去。人心总是贪财的，所以照到埋着宝贝的地方，火头便弯下去了。他们当即掘开来，取了宝贝去，所以洋鬼子都这样的有钱。

道学先生之所谓"万物皆备于我"的事，其实是全国，至少是 S 城的"目不识丁"的人们都知道，所以人为"万物之灵"。所以月经精液可以延年，毛发爪甲可以补血，大小便可以医许多病，臂膊上的肉可以养亲。然而这并非本论的范围，现在姑且不说。况且 S 城人极重体面，有许多事不许说；否则，就要用阴谋来惩治的。

二　形式之类

要之，照相似乎是妖术。咸丰年间，或一省里，还有因为能照相而家产被乡下人捣毁的事情。但当我幼小的时候，——即三十年前，S 城却已有照相馆了，大家也不甚疑惧。虽然当闹"义和拳民"时，——即二十五年前，或一省里，还以罐头牛肉当作洋鬼子所杀的中国孩子的肉看。然而这是例外，万事万物，总不免有例外的。

要之，S 城早有照相馆了，这是我每一经过，总须流连赏玩的地方，但一年中也不过经过四五回。大小长短不同颜色不同的玻璃瓶，又光滑又有刺的仙人掌，在我都是珍奇的物事；还有挂在壁上的框子里的照片：曾大人，李大人，左中堂，鲍军门。一个族中的好心的长辈，曾经借此来教育我，说这许多都是当今的大官，平"长毛"的功臣，你应该学学他们。我那时也很愿意学，然而想，也须赶快仍复有"长毛"。

但是，S 城人却似乎不甚爱照相，因为精神要被照去的，所以运气正好的时候，尤不宜照，而精神则一名"威光"：我当时所知道的只有这一点。直到近年来，才又听到世上有因为怕失了元气而永不洗澡的名士，元气大约就是威光罢，那么，我所知道的就更多了：中国人的精神一名威光即元气，是照得去，洗得下的。

然而虽然不多，那时却又确有光顾照相的人们，我也不明白是什么人物，或者运气不好之徒，或者是新党罢。只是半身像是大抵避忌的，因为像腰斩。自然，清朝是已经废去腰斩的了，但我们还能在戏文上看见包爷爷的铡包勉，一刀两段，何等可怕，则即使是国粹乎，而亦不欲人之加诸我也，诚然也以不照为宜。所以他们所照的多是全身，旁边一张大茶几，上有帽架，茶碗，水烟袋，花盆，几下一个痰盂，以表明这人的气管枝中有许多痰，总须陆续吐出。人呢，或立或坐，或者手执书卷，或者大襟上挂一个很大的时表，我们倘用放大镜一照，至今还可以知道他当时拍照的时辰，而且那时还不会用镁光，所以不必疑心是夜里。

然而名士风流，又何代蔑有呢？雅人早不满于这样千篇一律的呆鸟了，于是也有赤身露体装作晋人的，也有斜领丝绦装作 X 人的，但不多。较为通行的是先将自己照下两张，服饰态度各不同，然后合照为一张，两个自己即或如宾主，或如主仆，名曰"二我图"。但设若一个自己傲然地坐着，一个自己卑劣可怜地，向了坐着的那一个自己跪着的时候，名色便又两样了："求己图"。这类"图"晒出之后，总须题些诗，或者词如"调寄满庭芳""摸鱼儿"之类，然后在书房里挂起。至于贵人富户，则因为属于呆鸟一类，所以决计想不出如此雅致的花样来，即有特别举动，至多也不过自己坐在中间，膝下排列着他的一百个儿子，一千个孙子和一万个曾孙（下略）照一张"全家福"。

Th.Lipps 在他那《伦理学的根本问题》中，说过这样意思的话。就是凡是人主，也容易变成奴隶，因为他一面既承认可做主人，一面就当然承认可做奴隶，所以威力一坠，就死心塌地，俯首帖耳于新主人之前了。那书可惜我不在手头，只记得一个大意，好在中国已经有了译本，虽然是节译，这些话应该存在的罢。用事实来证明这理论的最显著的例是孙皓，治吴时候，如此骄纵酷虐的暴主，一降晋，却是如此卑劣无耻的奴才。中国常语说，临下骄者事上必谄，也就是看穿了这把戏的话。但表现得最透澈的却莫如"求己图"，将来中国如要印《绘图伦理学的根本问题》，这实在是一张极好的插画，就是世界上最伟大的讽刺画家也万万想不到，画不出的。

但现在我们所看见的，已没有卑劣可怜地跪着的照相了，不是什么会纪念的一群，即是什么人放大的半个，都很凛凛地。我愿意我之常常将这些当作半张"求己图"看，乃是我的杞忧。

三　无题之类

照相馆选定一个或数个阔人的照相，放大了挂在门口，似乎是北京特有，或近来流行的。我在 S 城历见的曾大人之流，都不过六寸或八寸，而且挂着的永远是曾大人之流，也不像北京的时时掉换，年年不同。但革命以后，也许撤去了罢，我知道得不真确。

至于近十年北京的事，可是略有所知了，无非其人阔，则其像放大，其人"下野"，则其像不见，比电光自然永久得多。倘若白昼明烛，要在北京城内寻求一张不像那些阔人似的缩小放大挂起挂倒的照相，则据鄙陋所知，实在只有一位梅兰芳君。而该君的麻姑一般的"天花散花""黛玉葬花"像，也确乎比那些缩小放大挂起挂倒的东西标致，即此就足以证明中国人实有审美的眼睛，其一面又放大挺胸凸肚的照相者，盖出于不得已。

我在先只读过《红楼梦》，没有看见"黛玉葬花"的照片的时候，是万料不到黛玉的眼睛如此之凸，嘴唇如此之厚的。我以为她该是一副瘦削的痨病脸，现在才知道她有些福相，也像一个麻姑。然而只要一看那些继起的模仿者们的拟天女照相，都像小孩子穿了新衣服，拘束得怪可怜的苦相，也就会立刻悟出梅兰芳君之所以永久之故了，其眼睛和嘴唇，盖出于不得已，即此也就足以证明中国人实有审美的眼睛。

印度的诗圣泰戈尔先生光临中国之际，像一大瓶好香水似地很熏上了几位先生们以文气和玄气，然而够到陪坐祝寿的程度的却只有一位梅兰芳君：两国的艺术家的握手。待到这位老诗人改姓换名，化为"竺震旦"，离开了近于他的理想境的这震旦之后，震旦诗贤头上的印度帽也不大看见了，报章上也很少记他的消息，而装饰这近于理想境的震旦者，也仍旧只有那巍然地挂在照相馆玻璃窗里的一张"天女散花图"或"黛玉葬花图"。

惟有这一位"艺术家"的艺术，在中国是永久的。

我所见的外国名伶美人的照相并不多，男扮女的照相没有见过，别的名人的照相见过几十张。托尔斯泰，伊孛生，罗丹都老了，尼采一脸凶相，勖本华尔一脸苦相，淮尔特穿上他那审美的衣装的时候，已经有点呆相了，而罗曼罗兰似乎带点怪气，戈尔基又简直像一个流氓。虽说都可以看出悲哀和苦斗的痕迹来罢，但总不如天女的"好"得明明白白。假使吴昌硕翁的刻印章也算雕刻家，加以作画的润格如是之贵，则在中国确是一位艺术家了，但他的照相我们看不见。林琴南翁负了那么大的文名，而天下也似乎不甚有热心于"识荆"的人，我虽然曾在一个药房的仿单上见过他的玉照，但那是代表了他的"如夫人"函谢丸药的功效，所以印上的，并不因为他的文章。更就用了"引车卖浆者流"的文字来做文章的诸君而言，南亭亭长我佛山人往矣，且从略；近来则虽是奋战忿斗，做了这许多作品的如创造社诸君子，也不过印过很小的一张三人的合照，而且是铜板而已。

我们中国的最伟大最永久的艺术是男人扮女人。

异性大抵相爱。太监只能使别人放心，决没有人爱他，因为他是无性了，——假使我用了这"无"字还不算什么语病。然而也就可见虽然最难放心，但是最可贵的是男人扮女人了，因为从两性看来，都近于异性，男人看见"扮女人"，女人看见"男人扮"，所以这就永远挂在照相馆的玻璃窗里，挂在国民的心中。外国没有这样的完全的艺术家，所以只好任凭那些捏锤凿，调采色，弄墨水的人们跋扈。

我们中国的最伟大最永久，而且最普遍的艺术也就是男人扮女人。

一九二四年十一月十一日

（选自《鲁迅全集》1卷，人民文学出版社1981年版）

论"他妈的！"

扫一扫，
♫收听有声版

鲁 迅

无论是谁，只要在中国过活，便总得常听到"他妈的"或其相类的口头禅。我想：这话的分布，大概就跟着中国人足迹之所至罢；使用的遍数，怕也未必比客气的"您好呀"会更少。假使依或人所说，牡丹是中国的"国花"，那么，这就可以算是中国的"国骂"了。

我生长于浙江之东，就是西滢先生之所谓"某籍"。那地方通行的"国骂"却颇简单：专一以"妈"为限，决不牵涉余人。后来稍游各地，才始惊异于国骂之博大而精微；上溯祖宗，旁连姊妹，下递子孙，普及同性，真是"犹河汉而无极也"。而且，不特用于人，也以施之兽。前年，曾见一辆煤车的只轮陷入很深的辙迹里，车夫便愤然跳下，出死力打那拉车的骡子道："你姊姊的！你姊姊的！"

别的国度里怎样，我不知道。单知道诺威人 Hamsun 有一本小说叫《饥饿》，粗野的口吻是很多的，但我并不见这一类话。Gorky 所写的小说中多无赖汉，就我所看过的而言，也没有这骂法。惟独 Artzybashev 在《工人绥惠略夫》里，却使无抵抗主义者亚拉借夫骂了一句"你妈的"。但其时他已经决计为爱而牺牲了，使我们也失却笑他自相矛盾的勇气。这骂的翻译，在中国原极容易的，别国却似乎为难，德文译本作"我使用过你的妈"，日文译本作"你的妈是我的母狗"。这实在太费解，——由我的眼光看起来。

那么，俄国也有这类骂法的了，但因为究竟没有中国似的精博，所以光荣还得归到这边来。好在这究竟又并非什么大光荣，所以他们大约未必抗议，也不如"赤化"之可怕，中国的阔人，名人，高人，也不至于骇死的。但是，虽在中国，说的也独有所谓"下等人"，例如"车夫"之类，至于有身分的上等人，例如"士大夫"之类，则决不出之于口，更何况笔之于书。"予生也晚"，赶不上周朝，未为大夫，也没有做士，本可以放笔直干的，然而终于改头换面，从"国骂"上削去一个动词和一个名词，又改对称为第三人称者，恐怕还因为到底未曾拉车，因而也就不免"有点贵族气味"之故。那用途，既然只限于一部分，似乎又有些不能算作"国骂"了；但也不然，阔人所赏识的牡丹，下等人又何尝以为"花之富贵者也"？

这"他妈的"的由来以及始于何代，我也不明白。经史上所见骂人的话，无非是"役夫"，"奴"，"死公"；较厉害的，有"老狗"，"貉子"；更厉害，涉及先代的，也不外乎"而母婢也"，"赘阉遗丑"罢了！还没见过什么"妈的"怎样，虽然也许是士大夫讳而不录。但《广弘明集》（七）记北魏邢子才"以为妇人不可保。谓元景曰，'卿何必姓王？'元景变色。子才曰，'我亦何必姓邢；能保五世耶？'"则颇有可以推见消息的地方。

晋朝已经是大重门第，重到过度了；华胄世业，子弟便易于得官；即使是一个酒囊饭袋，也还是不失为清品。北方疆土虽失于拓跋氏，士人却更其发狂似的讲究阀阅，区别等第，守护极严。庶民中纵有俊才，也不能和大姓比并。至于大姓，实不过承祖宗余荫，以旧业骄人，空腹高心，当然使人不耐。但士流既然用祖宗做护符，被压迫的庶民自然也就将他们的祖宗当作仇敌。邢子才的话虽然说不定是否出于愤激，但对于躲在门第下的男女，却确是一个致命的重伤。势位声气，本来仅靠了"祖宗"这惟一的护符而存，"祖宗"倘一被毁，便什么都倒败了。这是倚赖"余荫"的必得的果报。

同一的意思，但没有邢子才的文才，而直出于"下等人"之口的，就是："他妈的！"

要攻击高门大族的坚固的旧堡垒，却去瞄准他的血统，在战略上，真可谓奇诡的了。最先发明这一句"他妈的"的人物，确要算一个天才，——然而是一个卑劣的天才。

唐以后，自夸族望的风气渐渐消除；到了金元，已奉夷狄为帝王，自不妨拜屠沽作卿士，"等"的上下本该从此有些难定了，但偏还有人想辛辛苦苦地爬进"上等"去。刘时中的曲子里说："堪笑这没见识街市匹夫，好打那好顽劣。江湖伴侣，旋将表德官名相体呼，声音多厮称，字样不寻俗。听我一个个细数：粜米的唤子良，卖肉的呼仲甫……开张卖饭的呼君宝，磨面登罗底叫德夫。何足云乎？！"（《乐府新编阳春白雪》三）这就是那时的暴发户的丑态。

　　"下等人"还未暴发之先，自然大抵有许多"他妈的"在嘴上，但一遇机会，偶窃一位，略识几字，便即文雅起来：雅号也有了；身分也高了；家谱也修了，还要寻一个始祖，不是名儒便是名臣。从此化为"上等人"，也如上等前辈一样，言行都很温文尔雅，然而愚民究竟也有聪明的，早已看穿了这鬼把戏，所以又有俗谚，说："口上仁义礼智，心里男盗女娼！"他们是很明白的。

　　于是他们反抗了，曰："他妈的！"

　　但人们不能蔑弃扫荡人我的余泽和旧荫，而硬要去做别人的祖宗，无论如何，总是卑劣的事。有时，也或加暴力于所谓"他妈的"的生命上，但大概是乘机，而不是造运会，所以无论如何，也还是卑劣的事。

　　中国人至今还有无数"等"，还是依赖门第，还是倚仗祖宗。倘不改造，即永远有无声的或有声的"国骂"。就是"他妈的"，围绕在上下和四旁，而且这还须在太平的时候。

但偶尔也有例外的用法：或表惊异，或表感服。我曾在家乡看见乡农父子一同午饭，儿子指一碗菜向他父亲说："这不坏，妈的你尝尝看！"那父亲回答道："我不要吃。妈的你吃去罢！"则简直已经醇化为现在时行的"我的亲爱的"的意思了。

一九二五年七月十九日

（选自《鲁迅全集》1卷，人民文学出版社1981年版）

落 叶

徐志摩

　　前天你们查先生来电话要我讲演，我说但是我没有什么话讲，并且我又是最不耐烦讲演的。他说：你来罢，随你讲，随你自由的讲，你爱说什么就说什么。我们这里你知道这次开学情形很困难，我们学生的生活很枯燥很闷，我们要你来给我们一点活命的水。这话打动了我。枯燥、闷，这我懂得。虽则我与你们诸君是不相熟的，但这一件事实，你们感觉生活枯闷的事实，却立即在我与诸君无形的关系间，发生了一种真的深切的同情。我知道烦闷是怎样一个不成形不讲情理的怪物，他来的时候，我们的全身仿佛被一个大蜘蛛网盖住了，好容易挣出了这条手臂，那条又叫黏住了。那是一个可怕的网子。我也认识生活枯燥，他那可厌的面目，我想你们也都很认识他。他是无所不在的，他附在个个人的身上，他现在个个人的脸上。你望望你的朋友去，他们的脸上有他：你自己照镜子去，你的脸上，我想，也有他。可怕的枯燥，好比是一种毒剂，他一进了我们的血液，我们的性情，我们的皮肤就变了颜色，而且我怕是离着生命远，离着坟墓近的颜色。

我是一个信仰感情的人，也许我自己天生就是一个感情性的人。比如前几天西风到了，那天早上我醒的时候是冻着才醒过来的，我看着纸窗上的颜色比往常的淡了，我被窝里的肢体像是浸在冷水里似的，我也听见窗外的风声，吹着一棵枣树上的枯叶，一阵一阵的掉下来，在地上卷着，沙沙的发响，有的飞出了外院去，有的留在墙角边转着，那声响真像是叹气。我因此就想起这西风，冷醒了我的梦，吹散了树上的叶子，他那成绩在一般饥荒贫苦的社会里一定格外的可惨。那天我出门的时候，果然见街上的情景比往常不同了；穷苦的老头、小孩全躲在街角上发抖；他们迟早免不了树上枯叶子的命运。那一天我就觉得特别的闷，差不多发愁了。

因此我听着查先生说你们生活怎样的烦闷，怎样的干枯，我就很懂得，我就愿意来对你们说一番话。我的思想——如其我有思想——永远不是成系统的。我没有那样的天才。我的心灵的活动是冲动性的，简直可以说痉挛性的。思想不来的时候，我不能要他来，他来的时候，就比如穿上一件湿衣，难受极了，只能想法子把他脱下。我有一个比喻，我方才说起秋风里的枯叶；我可以把我的思想比作树上的叶子，时期没有到，他们是不很会掉下来的；但是到时期了，再要有风的力量，他们就只能一片一片的往下落；大多数也许是已经没有生命了的，枯了的，焦了的，但其中也许有几张还留着一点秋天的颜色，比如枫叶就是红的，海棠叶就是五彩的。这叶子实用是绝对没有的；但有人，比如我自己，就有爱落叶的癖好。他们初下来时颜色有很鲜艳的，但时候久了，颜色也变，除非你保存得好。所以我的话，那就是我的思想，也是与落叶一样的无用，至多有时有几痕生命的颜色就是了。你们不爱的尽可以随意的踩过，绝对不必理会；但也许有少数人有缘分的，不责备他们的无用，竟许会把他们捡起来揣在怀里，间在书里，想延留他们幽淡的颜色。感情，真的感情，是难得的，是名贵的，是应当共有的；我们不应得拒绝感情，或是压迫感情，那是犯罪的行为，与压住泉眼不让上冲，或是掐住小孩不让喘气一样的犯罪。人在社会里本来是不相连续的个体。感情，先天的与后天的，是一种线索，一种经纬，把原来分散的个体织成有文章的整体。但有时线索也有破烂与涣散的时候，所以一个社会里必须有新的线索继续的产出，有破烂的地方去补，有涣散的地方去拉紧，才可以维持这组织大体的匀整，有时生产力特别加增时，我们就有机会或是推广，或是加添我们现有的面积，或是加密，像网球板穿双线似的，我们现成的组织，因为我们知道创造的势力与破坏的势力，建设与溃败的势力，上帝与撒但的势力，是同时存在的。这两种势力是在一架天平上比着；他们很少平衡的时候，不是这头沉，就是那头沉。是的，人类的命运是在一架大天平上比着，一个巨大的黑影，那是我们集合的化身，在那里看着，他的手里满拿着分两的法码，一会往这头送，一会又往那头送，地球尽转着，太阳、月亮、星，轮流的照着，我们的运命永远是在天平上称着。

我方才说网球拍，不错，球拍是一个好比喻。你们打球的知道网拍上那里几根线是最吃重最要紧，那几根线要是特别有劲的时候，不仅你对敌时拉球，抽球拍球格外来的有力，出色，并且你的拍子也就格外的经用。少数特强的分子保持了全体的匀整这一条原则应用到人道上，就是说，假如我们有力量加密，加强我们最普通的同情线，那线如其穿连得到所有跳动的人心时，那时我们的大网子就坚实耐用，天津人说的，就有根。不问天时怎样的坏，管他雨也罢，云也罢，霜也罢，风也罢，管他水流怎样的急，我们假如有这样一个强有力的大网子，那怕不能在时间无尽的洪流里——早晚网起无价的珍品，那怕不能在我们运命的天平上重重的加下创造的生命的分量？

所以我说真的感情，真的人情，是难能可贵的，那是社会组织的基本成分。初起也许只是一个人心灵里偶然的震动，但这震动，不论怎样的微弱，就产生了及远的波纹；这波纹要是唤得起同情的反应时，原来细的便并成了粗的，原来弱的便合成了强的，原来脆性的便结成了韧性的，像一缕缕的苎麻打成了粗绳似的；原来只是微波，现在掀成了大浪，原来只是山罅里的一股细水，现在流成了滚滚的大河，向着无边的海洋里流着。比如耶稣在山头上的训道（Sermon on the mount）还不是有限的几句话，但这一篇短短的演说，却制定了人类想望的止境，建设了绝对的价值的标准，创造了一个纯粹的完全的宗教。那是一件大事实，人类历史上一件最伟大的事实。再比如释迦牟尼感悟了生老、病死的究竟，发大慈悲心，发大勇猛心，发大无畏心，抛弃了他人间的地位，富与贵，家庭与妻子，直到深山里去修道，结果他也替苦闷的人间打开了一条解放的大道，为东方民族的天才下一个最光华的定义。那又是人类历史上的一件奇迹。但这样大事的起源还不止是一个人的心灵里偶然的震动，可不仅仅是一滴最透明的真挚的感情滴落在黑沉沉的宇宙间？

感情是力量，不是知识。人的心是力量的府库，不是他的逻辑。有真感情的表现，不论是诗是文是音乐是雕刻或是画，好比是一块石子掷在平面的湖心里，你站着就看得见他引起的变化。没有生命的理论，不论他论的是什么理，只是拿石块扔在沙漠里，无非在干枯的地面上添一颗干枯的分子，也许掷下去时便听得出一些干枯的声响，但此外只是一大片死一般的沉寂了。所以感情才是成江成河的水泉，感情才是织成大网的线索。

但是我们自己的网子又是怎么样呢？现在时候到了，我们应当张大了我们的眼睛，认明白我们周围事实的真相。我们已经含糊了好久，现在再不容含糊的了。让我们来大声的宣布我们的网子是坏了的，破了的，烂了的；让我们痛快的宣告我们民族的破产，道德、政治、社会、宗教、文艺，一切都是破产了的。我们的心窝变成了蠹虫的家，我们的灵魂里住着一个可怕的大谎！那天平上沉着的一头是破坏的重量，不是创造的重量；是溃败的势力，不是建设的势力；是撒但的魔力，不是上帝的神灵。霎时间这边路上长满了荆棘，那边道上涌起了洪水，我们头顶有骇人的声响，是雷霆还是炮火呢？我们周围有一哭声与笑声，哭是我们的灵魂受污辱的悲声，笑是活着的人们疯魔了的狞笑，那比鬼哭更听的可怕，更凄惨。我们张开眼来看时，差不多更没有一块干净的土地，那一处不是叫鲜血与眼泪冲毁了的；更没有平安的所在，因为你即使忘却了外面的世界，你还是躲不了你自身的烦闷与苦痛。不要以为这样混沌的现象是原因于经济的不平等，或是政治的不安定，或是少数人的放肆的野心。这种种都是空虚的，欺人自欺的理论，说着容易，听着中听，因为我们只盼望脱卸我们自身的责任，只要不是我的分，我就有权利骂人。但这是我着重的说，懦怯的行为；这正是我说的我们各个人灵魂里躲着的大谎！你说少数的政客，少数的军人，或是少数的富翁，是现在变乱的原因吗？我现在对你说：先生，你错了，你很大的错了，你太恭维了那少数人，你太瞧不起你自己。让我们一致的来承认，在太阳普遍的光亮底下承认，我们各个人的罪恶，各个人的不洁净，各个人的苟且与懦怯与卑鄙！我们是与最肮脏的一样的肮脏，与最丑陋的一般的丑陋，我们自身就是我们运命的原因。除非我们能起拔了我们灵魂里的大谎，我们就没有救度；我们要把祈祷的火焰把那鬼烧净了去，我们要把忏悔的眼泪把那鬼冲洗了去，我们要有勇敢来承当罪恶；有了勇敢来承当罪恶，方有胆量来决斗罪恶。再没有第二条路走。如其你们可以容恕我的厚颜，我想念我自己近作的一首诗给你们听，因为那首诗，正是我今天讲的话的更集中的表现：——

（一）毒药
（二）白旗 } 均见诗集内。
（三）婴儿

这也许是无聊的希冀，但是谁不愿意活命，就使到了绝望最后的边沿，我们也还要妄想希望的手臂从黑暗里伸出来挽着我们。我们不能不想望这苦痛的现在，只是准备着一个更光荣的将来，我们要盼望一个洁白的肥胖的活泼的婴儿出世！

新近有两件事实，使我得到很深的感触。让我来说给你们听听。

前几时有一天俄国公使馆挂旗，我也去看了。加拉罕站在台上，微微的笑着，他的脸上发出一种严肃的青光，他侧仰着他的头看旗上升时，我觉着了他的人格的尊严，他至少是一个有胆有略的男子，他有为主义牺牲的决心，他的脸上至少没有苟且的痕迹，同时屋顶那根旗杆上，冉冉的升上了一片的红光，背着窈远没有一斑云彩的青天。那面簇新的红旗在风前料峭的袅荡个不定。这异样的彩色与声响引起了我异样的感想。是腼腆，是骄傲，还是鄙夷，如今这红旗初次面对着我们偌大的民族？在场人也有拍掌的，但只是继续的拍掌，这就算是我想我们初次见红旗的敬意；但这又是鄙夷，骄傲，还是惭愧呢？那红色是一个伟大的象征，代表人类史里最伟大的一个时期；不仅标示俄国民族流血的成绩，却也为人类立下了一个勇敢尝试的榜样。在那旗子抖动的声响里我不仅仿佛听出了这近十年来那斯拉夫民族失败与胜利的呼声，我也想像到百数十年前法国革命时的狂热，一七八九年七月四日那天巴黎市民攻破巴士梯亚牢狱时的疯癫。自由，平等，友爱！友爱，平等，自由！你们听呀，在这呼声里人类理想的火焰一直从地面上直冲破天顶，历史上再没有更重要更强烈的转变的时期。卡莱尔（Carlyle）在他的法国革命史里形容这件大事有三句名句，他说："To describe this scene transcends the talent of mortals. After four hours of world-bedlam it surrenders. The Bastille is down!"他说："要形容这一景超过了凡人的力量。过了四小时的疯狂他（那大牢）投降了。巴士梯亚是下了！"打破一个政治犯的牢狱不算是了不得的大事，但这事实里有一个象征。巴士梯亚是代表阻碍自由的势力，巴黎士民的攻击是代表全人类争自由的势力，巴士梯亚的"下"是人类理想胜利的凭证。自由，平等，友爱！友爱，平等，自由！法国人在百几十年前猖狂的叫着。这叫声还在人类的性灵里荡着。我们不好像听见吗，虽则隔着百几十年光阴的旷野。如今凶恶的巴士梯亚又在我们的面前堵着；我们如其再不发疯，他那牢门上的铁钉，一个个都快刺透我们的心胸了！

这是一件事。还有一件是我六月间伴着泰戈尔到日本时的感想。早七年我过太平洋时曾经到东京去玩过几个钟头，我记得到上野公园去，上一座小山去下望东京的市场，只见连绵的高楼大厦，一派富盛繁华的景象。这回我又到上野去了，我又登山去望东京城了，那分别可太大了！

房子，不错，原是有的；但从前是几层楼的高房，还有不少有名的建筑，比如帝国剧场、帝国大学等等，这次看见的，说也可怜，只是薄皮松板暂时支着应用的鱼鳞似的屋子，白松松的像一个烂发的花头，再没有从前那样富盛与繁华的气象。十九的城子都是叫那大地震吞了去烧了去的。我们站着的地面平常看是再坚实不过的，但是等到他起兴时小小的翻一个身，或是微微的张一张口，我们脆弱的文明与脆弱的生命就够受。我们在中国的差不多是不能想着世界上，在醒着的不是梦里的世界上，竟可以有那样的大灾难。我们中国人是在灾难里讨生活的，水、旱、刀兵、盗劫，那一样没有，但是我敢说我们所有的灾难合起来，也抵不上我们邻居一年前遭受的大难。那事情的可怕，我敢说是超过了人类忍受力的止境。我们国内居然有人以日本人这次大灾为可喜的，说他们活该，我真要请协和医院大夫用 X 光检查一下他们那几位，究竟他们是有没有心肝的。因为在可怕的运命的面前，我们人类的全体只是一群在山里逢着雷霆风雨时的绵羊，那里还能容什么种族、政治等等的偏见与意气？我来说一点情形给你们听听，因为虽则你们在报上看过极详细的记载，不曾亲自察看过的总不免有多少距离的隔膜。我自己未到日本前与看过日本后，见解就完全的不同。你们试想假定我们今天在这里集会，我讲的，你们听的，假如日本那把戏轮着我们头上来时，要不了的搭的搭的搭的三秒钟我与你们与讲台与屋子就永远诀别了地面，像变戏法似的，影踪都没了。那是事实，横滨有好几所五六层高的大楼，全是在三四秒时间内整个儿与地面拉一个平，全没了。你们知道圣书里面形容天降大难的时候，不要说本来脆弱的人类完全放弃了一切的虚荣，就是最猛挚的野兽与飞禽也会在刹时间变化了性质，老虎会来小猫似的挨着你躲着，利喙的鹰鹯会得躲入鸡棚里去窝着，比鸡还要驯服。在那样非常的变动时，他们也好似觉悟了这彼此同是生物的亲属关系，在天怒的跟着同是剥夺了抵抗力的小虫子，这里面就发生了同命运的同情。你们试想就东京一地说，二三百万的人口，几十百年辛勤的成绩，突然的面对着最后审判的实在，就在今天我们回想起当时他们全城子像一个滚沸的油锅时的情景，原来热闹的市场变成了光焰万丈的火盆，在这里面人类最集中的心力与体力的成绩全变了燃料，在这里面艺术、教育、政治、社会人的骨与肉与血都化成了灰烬，还有百十万男女老小的哭嚷声，这哭声本体就可以摇动天地，——我们不要说亲身经历，就是坐在椅子上想像这样不可信的情景时，也不免觉得害怕不是？那可不是顽儿的事情。单只描写那样的大变，恐怕只少就须要荷马或是莎士比亚的天才。你们试想在那时候，假如你们亲身经历时，你的心理该是怎么样？你还恨你的仇人吗？你还不饶恕你的朋友吗？你还沾恋你个人的私利吗？你还有欺哄人的机会吗？你还有什么希望吗？你还不搂住你身旁的生物，管他是你的妻子，你的老子，你的听差，你的妈，你的冤家，你的老妈子，你的猫，你的狗，把你灵魂里还剩下的光明一齐放射出来，和着你同难的同胞在这普遍的黑暗里来一个最后的结合吗？

但运命的手段还不是那样的简单。他要是把你的一切都扫灭了，那倒也是一个痛快的结束；他可不然。他还让你活着，他还有更苛刻的试验给你。大难过了，你还喘着气；你的家，你的财产，都变了你脚下的灰，你的爱亲与妻与儿女的骨肉还有烧不烂的在火堆里燃着，你没有了一切；但是太阳又在你的头上光亮的照着，你还是好好的在平定的地面上站着，你疑心这一定是梦，可又不是梦，因为不久你就发现与你同难的人们，他们也一样的疑心他们身受的是梦。可真不是梦；是真的。你还活着，你还喘着气，你得重新来过，根本的完全的重新来过。除非是你自愿放手，你的灵魂里再没有勇敢的分子。那才是你的真试验的时候。这考卷可不容易交了，要到那时候你才知道你自己究竟有多大能耐，值多少，有多少价值。

我们邻居日本人在灾后的实际就是这样。全完了，要来就得完全来过，尽你自身的力量不够，加上你儿子的，你孙子的，你孙子的儿子的儿子的孙子的努力，也许可以重新撑起这份家私，但在这努力的经程中，谁也保不定天与地不再捣乱；你的几十年只要他的几秒钟。问题所以是你干不干？就只干脆的一句话，你干不干，是或否？同时也许无情的运命，扭着他那丑陋可怕的脸子在你的身旁冷笑，等着你最后的回话。你干不干，他仿佛也涎着他的怪脸问着你！

我们勇敢的邻居们已经交了他们的考卷；他们回答了一个干脆的干字，我们不能不佩服。我们不能不尊敬他们精神的人格。不等那大震灾的火焰缓和下去，我们邻居们第二次的奋斗已经庄严的开始了。不等运命的残酷的手臂松放，他们已经宣言他们积极的态度对运命宣战。这是精神的胜利，这是伟大，这是证明他们有不可摇的信心，不可动的自信力；

证明他们是有道德的与精神的准备的，有最坚强的毅力与忍耐力的，有内心潜在着的精力的，有充分的后备军的，好比说，虽则前敌一起在炮火里毁了，这只是给他们一个出马的机会。他们不但不悲观，不但不消极，不但不绝望，不但不低着嗓子乞怜，不但不倒在地下等救，在他们看来这大灾难，只是一个伟大的激刺，伟大的鼓励，伟大的灵感，一个应有的试验，因此他们新来的态度只是双倍的积极，双倍的勇猛，双倍的兴奋，双倍的有希望；他们仿佛是经过大战的大将，战阵愈急迫愈危险，战鼓愈打得响亮，他的胆量愈大，往前冲的步子愈紧，必胜的决心愈强。这，我说，真是精神的胜利，一种道德的强制力，伟大的，难能的，可尊敬的，可佩服的。泰戈尔说的，国家的灾难，个人的灾难，都是一种试验；除是灾难的结果压倒了你的意志与勇敢，那才是真的灾难，因为你更没有翻身的希望。

这也并不是说他们不感觉灾难的实际的难受，他们也是人，他们虽勇，心究竟不是铁打的。但他们表现他们痛苦的状态是可注意的；他们不来零碎的呼叫，他们采用一种雄伟的庄严的仪式。此次震灾的周年纪念时；他们选定一个时间，举行他们全国的悲哀；在不知是几秒或几分钟的期间内，他们全国的国民一致的静默了，全国民的心灵在那短时间内融合在一阵忏悔的，祈祷的，普遍的肃静里；（那是何等的凄伟！）然后，一个信号打破了全国的静默，那千百万人民又一致的高声悲号，悲悼他们曾经遭受的惨运；在这一声弥漫的哀号里，他们国民，不仅发泄了蓄积着的悲哀，这一声长号，也表明他们一致重新来过的伟大的决心。

（这又是何等的凄伟！）

　　这是教训，我们最切题的教训。我个人从这两件事情——俄国革命与日本地震——感到极深刻的感想；一件是告诉我们什么是有意义有价值的牺牲，那表面紊乱的背后坚定的站着某种主义或是某种理想，激动人类潜伏着一种普遍的想望，为要达到那想望的境界，他们就不顾冒怎样剧烈的险与难，拉倒已成的建设，踏平现有的基础，抛却生活的习惯，尝试最不可测量的路子。这是一种疯癫，但是有目的的疯癫；单独的看，局部的看，我们尽可以下种种非难与责备的批评，但全部的看，历史的看时，那原来纷乱的就有了条理，原来散漫的就成了片段，甚至于在经程中一切反理性的分明残暴的事实都有了他们相当的应有的位置，在这部大悲剧完成时，在这无形的理想"物化"成事实时，在人类历史清理节账时，所得便超过所出，赢馀至少是盖得过损失的。我们现在自己的悲惨就在问题不集中，不清楚，不一贯；我们缺少，用一个现成的比喻——那一面半空里升起来的彩色旗，（我不是主张红旗我不过比喻罢了！）使我们有眼睛能看的人都不由的不仰着头望；缺少那青天里的一个霹雳，使我们有耳朵能听的不由的惊心。正因为缺乏这样一个一贯的理想与标准（能够表现我们潜在意识所想望的），我们有的那一部疯癫性——历史上所有的大运动都脱不了疯癫性的成分——就没有机会充分的外现，我们物质生活的累赘与沾恋，便有力量压迫住我们精神性的奋斗；不是我们天生不肯牺牲，也不是天生懦怯，我们在这时期内的确不曾寻着值得或是强迫我们牺牲的那件理想的大事，结果是精力的散漫，志气的怠惰，苟且心理的普遍，悲观主义的盛行，一切道德标准与一切价值的毁灭与埋葬。

人原来是行为的动物，尤其是富有集合行为力的，他有向上的能力，但他也是最容易堕落的，在他眼前没有正当的方向时，比如猛兽监禁在铁笼子里。在他的行为力没有发展的机会时，他就会随地躺了下来，管他是水潭是泥潭，过他不黑不白的猪奴的生活。这是最可惨的现象，最可悲的趋向。如其我们容忍这种状态继续存在时，那时每一对父母每次生下一个洁净的小孩，只是为这卑劣的社会多添一个堕落的分子，那是莫大的亵渎的罪业；所有的教育与训练也就根本的失去了意义，我们还不如盼望一个大雷霆下来毁尽了这三江或四江流域的人类的痕迹！

再看日本人天灾后的勇猛与毅力，我们就不由的不惭愧我们的穷，我们的乏，我们的寒伧。这精神的穷乏才是真可耻的，不是物质的穷乏。我们所受的苦难都还不是我们应有的试验的本身，那还差得远着哪；但是我们的丑态已经恰好与人家的从容成一个对照。我们的精神生活没有充分的涵养，所以临着稀小的纷扰便没有了主意，像一个耗子似的，他的天才只是害怕，他的伎俩只是小偷；又因为我们的生活没有深刻的精神的要求，所以我们合群生活的大网子就缺少最吃分量最经用的那几条普遍的同情线，再加之原来的经纬已经到了完全破烂的状态，这网子根本就没有了联结，不受外物侵损时已有溃散的可能，那里还能在时代的急流里，捞起什么有价值的东西？说也奇怪，这几千年历史的传统精神非但不曾供给我们社会一个巩固的基础，我们现在到了再不容隐讳的时候，谁知道发现我们的桩子，只是在黄河里造桥，打在流沙里的！

难怪悲观主义变成了流行的时髦！但我们年轻人，我们的身体里还有生命跳动，脉管里多少还有鲜血的年轻人，却不应当沾染这最致命的时髦，不应当学那随地躺得下去的猪，不应当学那苟且专家的耗子，现在时候逼迫了，再不容我们霎那的含糊。我们要负我们应负的责任，我们要来补织我们已经破烂的大网子，我们要在我们各个人的生活里抽出人道的同情的纤维来合成强有力的绳索，我们应当发现那适当的象征，像半空里那面大旗似的，引起普遍的注意；我们要修养我们精神的与道德的人格，预备忍受将来最难堪的试验。简单的一句话，我们应当在今天——过了今天就再没有那一天了——宣布我们对于生活基本的态度。是是还是否：是积极还是消极；是生道还是死道；是向上还是堕落？在我们年轻人一个字的答案上就挂着我们全社会的运命的决定。我盼望我至少可以代表大多数青年，在这篇讲演的末尾，高叫一声——用两个有力量的外国字——

"Everlasting yea!"

（选自《徐志摩全集》散文集〈甲、乙〉，

商务印书馆香港分馆1983年版）

"就使打破了头
也还要保持我们灵魂的自由"

扫一扫，
♫ 收听有声版

徐志摩

　　照群众行为看起来，中国人是最残忍的民族。照个人行为看起来，中国人大多数是最无耻的个人。慈悲的真义是感觉人类应感觉的感觉，和有胆量来表现内动的同情。中国人只会在杀人场上听小热昏，决不会在法庭上贺喜判决无罪的刑犯；只想把洁白的人齐拉入混浊的水里，不会原谅拿人格的头颅去撞开地狱门的牺牲精神。只是"幸灾乐祸"，"投井下石"，不会冒一点子险去分肩他人为正义而奋斗的负担。

　　从前在历史上，我们似乎听见过有什么义呀侠呀，什么当仁不让，见义勇为的榜样呀，气节呀，廉洁呀，等等。如今呢，只听见神圣的职业者接受甜蜜的"冰炭敬"，磕拜寿祝福的响头，到处只见拍卖人格"贱卖灵魂"的招贴。这是革命最彰明的成绩，这是华族民国最动人的广告！

"无理想的民族必亡"，是一句不刊的真言。我们目前的社会政治走的只是卑污苟且的路，最不能容许的是理想，因为理想好比一面大镜子，若然摆在面前，一定照出魑魅魍魉的丑迹。莎士比亚的丑鬼卡立朋（Caliban）有时在海水里照出自己的尊容，总是老羞成怒的。

所以每次有理想主义的行为或人格出现，这卑污苟且的社会一定不能容忍；不是拳打脚踢，也总是冷嘲热讽，总要把那三闾大夫硬推入汨罗江底，他们方才放心。

我们从前是儒教国，所以从前理想人格的标准是智仁勇。现在不知道变成了什么国了，但目前最普通人格的通性，明明是愚暗残忍懦怯，正得一个反面。但是真理正义是永生不灭的圣火；也许有时遭被蒙盖掩翳罢了。大多数的人一天二十四点钟的时间内，何尝没有一刹那清明之气的回复？但是谁有胆量来想他自己的想，感觉他内动的感觉，表现他正义的冲动呢？

蔡元培所以是个南边人说的"憨大"，愚不可及的一个书呆子，卑污苟且社会里的一个最不合时宜的理想者。所以他的话是没有人能懂的；他的行为是极少数人——如真有——敢表同情的；他的主张，他的理想，尤其是一盆飞旺的炭火，大家怕炙手，如何敢去抓呢？

"小人知进而不知退，"

"不忍为同流合污之苟安，"

"不合作主义，"

"为保持人格起见……"

　　"生平仅知是公道，从不以人为单位。"

这些话有多少人能懂，有多少人敢懂？

　　这样的一个理想者，非失败不可；因为理想者总是失败的。若然理想胜利，那就是卑污苟且的社会政治失败——那是一个过于奢侈的希望了。

　　有知识有胆量能感觉的男女同志，应该认明此番风潮是个道德问题；随便彭允彝京津各报如何淆惑，如何谣传，如何去牵涉政党，总不能掩没这风潮里面一点子理想的火星。要保全这点子小小的火星不灭，是我们的责任，是我们良心上的负担；我们应该积极同情这番拿人格头颅去撞开地狱门的精神！

原刊十二年一月二十八日《努力周报》

（选自《徐志摩全集》散文集〈甲、乙〉，商务印书馆香港分馆1983年版）

萨天师语录

扫一扫，
收听有声版 ♫

林语堂

（一）

有一天 Zarathustra 来到东方，看见许多的诗人文士，不少的政客名流。但是有一种欲老未老的留学生，他是永远不见，虽然他们屡次有很古雅秀丽的名片递给他。他住在这马哥保罗屡次称引的京城，的确勉强勾留了十余天。在这十余天他看了各色各样的动物常常使他叹气；他常对他的信徒说：中国的文明确是世界第一——以年数而论。因为这种的民族，非四千年的文明，四千年的读经，识字，住矮小的房屋，听微小的声音，不容易得此结果。

你不看见他们多么稳重，多么识时务，多么驯养。由野狼变到家狗，四千年已太快了。

你不看见他们多么中庸，多么驯服，多么小心，他们的心真小了。

因为我曾经看见文明（离开自然）的人，但是不曾看见这样文明的人。

他们不但已由自然进入文明，他们并且已经由文明进入他们自造的鸽子笼，这一方一方固封的鸽子笼，他们叫做"家庭"。

在这鸽子笼里，他们已变为他们祖父的附属物；他们的女人也已变为他们的附属物。

他们的男人都有妇德；至于他们的妇人有什么德，已非我所得而知。

他们的青年都是老成。你看他们的胡须不是已经长得很稳健吗？

我听说在西欧小孩玩弄玻璃球的年纪，中国的小孩已经会做救国策。他们在摇篮里已经会诵诗书，讲仁义，崇孔，卫道。

在外国青年急进革命的年纪，他们的青年已经会"卫道"了。但是卫道的结果，却仍旧不外：做局长，坐包车，生小孩，做媒婆。

但是"少年老成"的少年，到了老年时候变为什么动物，我也不易知道。

他们的老人，自有可爱的风韵。萨拉图斯脱拉曾经告诉他们的门徒：萨拉图斯脱拉爱吃两样东西，春鸡与名流。但是春鸡须要嫩，名流须要老。那些青年的名流，萨拉图斯脱拉不敢尝试，以免作呕。

我能够跟这民族做什么事呢？你曾经看见中国的青年打架——真正的打架吗？哭啼号呼却是他们的特长。

中国文化的特长的确不少，但是叩头与哭，绝对非他民族所可企及。

萨拉图斯脱拉说：中国人的巴掌很深，但是眼眶很浅。他们的指头很黏，但是头颅很滑。我能够跟这民族做什么大事呢？

你看他们的男人都穿裙子。他们的两腿已经变成装饰品。连他们的小孩，也已穿了马褂。

他们只能看下，不能看上，只能顾后，不能观前。再四千年的文化，四千年的揖让，焚香请安，叩头，四千年的识时务，知进退，他们脑后非再长一对眼睛不可。

但是我还常看见他们拧着他们铜臭的巴掌，拍着他们褊狭的胸膛，皱着他们带蓝镜的眼睛，提着他们鬼蜮细小的声音说：保存国粹！

他们似有一位同胞曾经说过：也得看国粹能不能保存他们！

萨拉图斯脱拉到此不禁露了他尖利的笑声说：哈，哈！我知道他们的意思了——那些上了苍苔的灵魂！

萨拉图斯脱拉曾经问过这自大的民族：你们四万万的神明华胄，二百八十年前何以被三十万的胡虏征服？这个问题你要问问他们的历史家——那些文明撒谎者。

那些历史家撒了一个顶大的谎，来表示他们民族的宽大，就是：世界上惟有他们的民族能演成无血的革命——好像他们也会演成战争的革命！

他们说我们相信和平的革命——好像他们能演成无血的革命。虽然有一班人也有"欺人之弱，乘人之危"的行动，但是这已是民国史上"未有"的奇辱了；不但未有，将来也再不会发生。

我最爱听他们历史家的一句话，就是：中国人酷爱和平。他们有时候实在太老实了，那些黄脸的历史家！

我能够同这样的民族做什么大事呢？连他们的青年都稳健了。这个民族的确是世界第一——以老大而论——

萨拉图斯脱拉如是说。

With apology to Nietzsche

十四年十一月二十日

（《语丝》五十五期）

（二）

所以东方文明是无曲线的，——东方思想也是无曲线的。

因此萨拉图斯脱拉想起他十日前途中所见汲水的村女。

萨天师说：

我爱那婢女的笑声——她不像有痨病菌的。

她的声音清亮——不像刚吃鸽蛋及燕窝粥的。

她的眼睛是粗大，头发是散乱的——我爱她的散乱。

她的两脚似小鹿一般的飞跑；她的足趾还是独立而强健的。

她可与凉风为友，而不至于伤寒；她被那和暖的阳光亲嘴，而不至于中暑。

她在狂雨中飞奔，而不当天病死于肺膜炎。

而且她还可以说自然人的话；不竟天嘻嘻嘿嘿的叫。

我爱那婢女的容颜：

她有灵动黛黑的眼眸；赭赤的脸蛋。

她有挺直的高凸的胸膛，无愧的与野外山水花木的曲线相辉映。

她有哈哈震耳的笑声，与远地潺潺的河水与林间的鸟语相和应。

而且她家中的"老板"，也不是那些见风便伤寒，见日便中暑，戴瓜皮小帽，抽咖力克烟的动物。——这也是使她不必终日 hi, hi! he, he! 的缘故。

我恭贺那婢女……

萨拉图斯脱拉如是说。

红衫绿裙东方文明之神都早已直板板的过去。萨拉图斯脱拉仿佛听见那 hi, hi! he, he! 的笑声同辚辚辘辘的车声一同消灭于远处的寂寞。他自己却孤立于街中，环顾只有那缧绁系身的囚犯及荷枪木立的巡警。

（《语丝》四卷十二期）

（选自《大荒集》，生活书店1934年版）

论性急为中国人所恶

——（纪念孙中山先生）

林语堂

　　记得一二月前报上载有一篇孙中山先生的谈话，他说"我现在病了，但是我性太急，就使不病，恐怕于善后会议，也不能有多大补助。"我觉得这话最能表现孙先生的性格，并且表现其与普通中国人性癖的不同。因为性急为中国人所恶。且孙先生之与众不同正在这"性"字上面，故使我感觉改造中国之万分困难。如鲁迅先生所云，今日救国在于一条迂谬渺茫的途径，即"思想革命"，此语诚是，然愚意以为今日救国与其说在"思想革命"，何如说在"性之改造"。这当然是比"思想革命"更难办到，更其迂谬而渺茫的途径。中国人今日之病固在思想，而尤在性癖，革一人之思想比较尚容易，欲使一惰性慢性之人变为急性则殊不易。中国今日岂何尝无思想，无主义，特此所谓主义，纸上之主义，此所谓思想，亦纸上之思想而已。求一为思想主义而性急，为高尚理想而狂热而丧心病狂之人，求一轰轰烈烈非贯彻其主义不可，视其主义犹视其自身革命之人则不可得，有之则孙中山先生而已。难怪孙中山有"行之匪艰知之维艰"之学说。

若由历史上求去，性急者每每为中国人所虐待，乃至显的事实。中国也本来不喜欢性急，故子路早已得孔子"不得其死然"的诅咒。若屈原，若贾谊便略可为中国性急者之代表，尤其是贾谊，然贾谊也早有苏东坡之诏其短见。此乃中庸哲学及乐天知命道理之天然结果。徐先生的非中庸论诚是："听天任命和中庸的空气打不破，我国人的思想，永远没有进步的希望，"（《猛进》第三期答鲁迅语）。个人以为中庸哲学即中国人惰性之结晶，中庸即无主义之别名，所谓乐天知命亦无异不愿奋斗之通称。中国最讲求的是"立身安命"的道理，诚以命不肯安，则身无以立，惟身既立，即平素所抱主义已抛弃于九霄之外矣。中国人之惰性既得此中庸哲学之美名为掩护，遂使有一二急性之人亦步步为所吸收融化（可谓之中庸化）而国中稍有急性之人乃绝不易得。及全国既被了中庸化而今日国中衰颓不振之现象成矣。即以留学生而论，其初回国时大都皆带一点洋鬼子之急躁性，以是洋气洋癖，时露头面，亦不免为同事者所觑笑，视为不识时务。由是乎时久日渐少有不变为识时务及见世面之时贤。及其时务已识，世面已见，中庸不偏之工夫练到，乐天知命之学理精通，而官运亨通名流之资格成矣。

我觉得孙中山先生性格不大像中国人，是指孙中山先生不像现代的中国人。至于孙中山先生能不能像将来的中国人，这便是吾人今日教育之最大问题。果使孙中山是像将来的中国人，那末我们也可不必为将来的中国担忧了。要使孙中山先生像将来的中国人，换言之，要使现代惰性充盈的中国人变成有点急性的中国人是看我们能不能现代激成一个超乎"思想革命"而上的"精神复兴"运动。

岂明先生已经说过（《语丝》第十九期），"照现在这样做下去。不但民国不会实现，连中华也颇危险……'心所为危不敢不告'希望大家注意"，诚然应希望大家注意。

提倡"精神复兴"我觉得是今日言论界最重要的工作。

一九二五，三，二十九

（选自《翦拂集》，北新书局1928年版）

吃粢粑有感

林语堂

今日是阴历十二月廿三，向来俗例为"送灶君"之节期。大概这个俗节，全国皆守，独于闽南另有特别风俗，未知江浙及北方有没有。闽南人于这送灶君上天之日，必吃粢粑，盖含有深长的用意。因为俗传，灶君知人家里事，所谓不可外扬的家丑，他都知道了。在十二月廿三日灶君上天，照例须在玉皇上帝面前报告家中男妇老幼各人的善恶。这却于世人有许多不便了。于是吾闽南人想出一法，于祭灶君之时，请他吃粢粑，粢粑是用糯米做的，又白又软又粘嘴。祭者之用意是对灶君实行新闻检查，使灶君吃下去，口舌都糊住了，于是到了玉皇面前，虽欲开口而不得。这实在是吾闽南人的特别聪明。由此我们可以得以下几种结论。（一）做中国人的灶君，也太难了，言论自由常有被剥夺之危险。中国古时铸金人，尚要三缄其口，何况是灶君，又何况是《生活周刊》主张与批评之编辑？所以当今《生活周刊》等被人请吃粢粑，也不必大惊小怪。（二）中国人喜欢封他人之口，此癖由来已久。自己不发言论时，个个人可变为新闻检查员。再进一步，便是只许我封你的口，不许你封我的口。（三）中国人相信封口之效力真大，灶君吃一口粢粑，可以便叫玉皇懵懂起来，翁姑虐杀媳妇者，将来逝世，玉皇还要派一队金童玉女，用一阵笙箫管弦，迎他上天。再进一步，便是既有粢粑，即使一年三百六十五日天天虐杀一个媳妇也无妨。（四）事实上，玉皇上帝若有一点聪明，看见闽南灶君回来，个个粢粑封口，必感觉闽南人个个是坏蛋。（五）在中国好说话者，无论是神是人，都要遭人忌恶，因此"莫谈国事"乃为中国茶楼之国粹。（六）猪嘴吐不出象牙之说不尽是。凡言人善恶者皆猪牙，只有隐恶扬善者，虽是猪，亦可奉为象。由是而得——（七）嘴之作用，所以扬人之善。正作用是吃饭，副作用是颂"臣罪当诛天王圣明"之文章，或是念念《大人赋》，《羽猎赋》，唱唱《剧秦美新》的妙文。（八）中国人相信，"若要人不知，除非封他嘴"是一句箴言。（九）封嘴之方法真简单，且便宜。中国人相信粢粑真正可以糊口，一切都无须科学化。（十）中国人以为请一人吃过粢粑，就使不能密封其嘴，到底可使其人舌头胶泥，发音不明。大概玉皇上帝也是中国人，所以听见灶君说话妈妈虎虎，也就妈妈虎虎了事，不甚追究。于是在这妈妈虎虎主义之下，中国民族得有四千年的光荣历史。

（选自《我的话》，时代图书公司1934年版）

粢粑与糖元宝

林语堂

二月八日《社会日报》社论有灵犀君论粢粑与糖元宝一文，考证闽南与江南风俗之不同，及证说明江南人比闽南人聪明。灵犀君说：

"可是在江南地方，送灶君却不用粢粑，而以糖元宝为祭品，其用意虽也同是要教灶君不要把人间的罪恶，去报告玉皇大帝，只不过所含的作用，略有不同罢了。

糖元宝这样东西，既是元宝，又是甜津津的糖做成的，自然谁都欢迎。灶君虽是一家之神，可是见了糖元宝，那有不眉开眼笑，表示欢迎之理。他既接受了人家的糖元宝，自然也不会再去说人家的坏话了。所以我认为用粢粑去封住灶君的嘴，倒不如以糖元宝去塞灶君的嘴,来得有效。该文作者,虽在称赞闽人之聪明,我却认为江南人比闽人还来得聪明。因为以力服人,总不及以德服人,而吃人酒肉,与人消灾却是不磨之哲理,又何况所吃的是糖元宝,灶君又怎好吃了元宝以后,再在背后说坏话呢。该刊碧眼儿日记上说:'塞没汽车夫格嘴,用五个法郎,塞没律师格嘴,我想廿五个法郎也尽够哉',以糖元宝去塞灶君的嘴,和以法郎去塞汽车夫律师的嘴,正是同一作用呢。"

于是我又得到数条结论。(一)江南人圆滑,闽南人粗笨,而江南人之世故比闽南人深。江南人能因计就计,买好玉皇的间谍,确比闽南人高明一等。(二)江南的灶君比闽南的灶君福气大。(三)猪嘴吐不出象牙之说,又须修正。闽南的猪吐的永远是猪牙,江南的猪吃糖元宝后,便会替你长象牙。不过也不一定,据我看过,凡是猪,有糖元宝可吃,都有长象牙之可能。(四)倘是猪,吃人家的糖元宝,而不替人家长象牙,再去说人家的坏话,这种猪便是没良心,不道德,不识抬举,可恶。社会对他一致不满。反之,凡善长象牙的猪,家家户户欢迎,可以挨户轮吃,吃那一家的糖元宝,长那一家的象牙,做报效。(五)粢粑与糖元宝不妨分别猪性,同时并用。会长象牙的猪给以糖元宝,不识抬举之猪给以粢粑,实行封嘴,如此则天下可享太平,且圣主未有不可得贤臣而为之颂。(六)无论在江南在闽南,玉皇大帝总是倒霉。(七)猪嘴吐出来的象牙,颇有人造意味,此类赝货,令人看见讨厌,我以为既然做猪,还是吐猪牙为是，尤其是野猪磨利的牙货真价实，光亮可爱。（八）料想江南的猪皆善辞令。（九）今日中国的猪，总须打算，你是要吃糖元宝呢，还是要预备封嘴呢？（十）《论语》两样都不吃，只要露牙而笑，并且所露的都是真正野猪牙。

（选自《我的话》，时代图书公司1934年版）

东西文化及其冲突

陈 源

　　梁漱溟先生在北大哲学系师生联欢会的演说辞里，有几句也像徐树铮先生的话，可以代表中国一般"道学先生"的心理，同时也与徐先生犯一样的毛病。梁先生说："替社会做事，享受总要薄一点才对。我从未走进真光电影场，从未看过梅兰芳的戏，总觉得到那些地方是甚可耻。"（见五月二十二日《北京大学日刊》）

　　人类不仅仅是理智的动物，他们在体格方面就求康健强壮，在社会方面就求同情，在感情方面就求种种的美。种种方面有充分的发达的人，才可以算完人。有一个方面不发达，犹之身体有一部分不健全，其余的方面也少不了受它的影响，因之不能充分的发达。

　　董仲舒"十年不窥园"，泰谷尔却劝人多亲近自然，不用读书。如果真不用读书，那么生长于自然之间的很多，何以牧童田夫不都成诗人？同时我们觉得如果董先生有时到园中去走走，他的阐发学问的智力也许只有增进吧。自然固然是启发美感的大宝藏，诗歌，小说，图画，雕刻，音乐，戏剧，那一种不可以启发，训练，节制人类的情感？所以看戏听音乐非但没有甚么"可耻"，简直是人人当有的娱乐。

以前中国人总反对游戏，休息，总以为工作须终日不休才好。现在的人对于这问题的观念渐渐的改了，他们知道休息之后，工作敏捷勤快得多，虽然还有人在教育会提议废止星期日。梁先生的这种观念，也正是如此。

自然，我们对于每星期必看几次电影，梅兰芳每唱戏必到的人，也没有什么同情。过度总是不大可取的。一个人对于饮食没有节制尚且成"老饕"，读书而不顾其他的尚且成"书呆子"，何况别的呢？

旧式的中国人，克己太甚，对于一切娱乐都同样的排斥。结果音乐戏剧成了与赌博、逛窑子一样不名誉"可耻"的事。人情既然少不了娱乐，赌博，逛窑子也就成了与音乐、戏剧一样平淡无奇的事了。所以我觉得梁先生这种意见与言论是有害而无益的。

一个朋友看了这一段闲话之后，说罗慎斋在湖南岳麓书院当山长的时候，下命令把书院里的数株桃树斫了，因为恐怕桃花引动了书生们的邪思。这话听来好像荒唐，其实是与梁先生是思想一贯的。

（选自《西滢闲话》，新月书店1928年版）

管闲事

陈 源

民国十四年在枪炮声中过去了，十五年也就在枪炮代爆竹声中落下了地。这十五年是不是还得像十四年，那样的混乱不可收拾，我们实在无从预料。不错，十四年来，政局一天混沌一天，小百姓一天困苦一天，我们有了这长久的经验，应当可以猜到这来到的年头不过又是那么一回事了，然而我们还希望着。我们不得不希望着，正因为不希望只有绝望的路了。

"以前种种事，譬如昨日死，以后种种事，譬如今日生。"在新年的时候，一个人是容易有这种决心的。我们不免结一结旧账，过了年好换一本新账簿。前几天，一位我极尊敬的老先生在朋友面前说着我。他说某人真是不了，他喜欢管闲事，到处惹祸，这样下去，还要惹出大祸来呢。这位老先生生平就是爱管闲事，到处惹祸，他还这样说，足见这话是很有理由的了。我们新年的决心，不如就说以后永远不管人家的闲事吧？

然而仔细想来，我们何尝爱管闲事呢？实在中国爱管闲事的人太少了。欧洲人好像不是这样的。

有一次，我立在伦敦一条街上，候着看新市长就职的行列。大约立了一点钟，我身后的人已有数重，忽然一个中年妇人突来站在我的面前。我自然一声不响的退让了。我两旁的不认识的女子却抱了不平。她们说我站了一点多钟，那妇人不应当抢我的地位。中年妇人听了她们的批评，面红耳热的，逡巡自去。她去后我两旁的人还愤愤的说她无礼。这种事在中国会有吗？谁肯这样无故的开罪他人，何况为了不认识的外国人？然而这样的傻子我自己在英国遇见的就不止一次。

法国人的公道，我自己虽然没有经历过，然而十九世纪末几年的一桩案件是谁都知道的。法国军队里一个少年犹太军官受了私通敌国的嫌疑，革职定罪。法国人民自然都拍手称快。然而军官的友人竭力为他剖白，引起了几个管闲事人的注意。他们觉得证据不足，要求重审。最初这少数的人为了好管闲事，激动公愤，身家性命都几乎不保。他们却百折不回的继续奋斗，至两年之久，究竟得申冤狱。在那两年中，法国全国人民，分为二派——德雷夫党，和反德雷夫党——就是父子，兄弟，夫妻，朋友都为了它分离反目。不用说，反德雷夫党自然是大多数，知识界阶的人也就不少。然而我们所最倾倒几个近代法国文人如 Zola，Anatole

France, Romain Rolland 却多在被人唾弃的廿数人中，为了一个毫不相干的犹太人却费了许多光阴，抛弃了自己的事业，犯了被犹太人收买的嫌疑，冒了身家性命不保的危险，去奔走呼号，主持公道，当然只有傻子才肯干，然而法国居然还有少数这样的傻子。

中国人的毛病就是他们太聪明了。"各人自扫门前雪，莫管他家瓦上霜。"真是一条好格言。本来一个人为什么要管闲事？自己省了许多事，还在众人面前讨了好，何乐而不为呢？如果偶然有些好事人，扰乱他们的安静，只要说他是受人的指使，领人家的津贴，就可以闭了他们的嘴。这本也难怪。谁能相信人家不与自己同样的卑鄙？谁能承认自己有不如人家的地方？

中国人最初不管邻家瓦上霜，久而久之，连自己门前的雪也不管了，如果有人同住的话。所以军阀政客虽然是少数，小百姓虽然受尽了苦，却不肯团结起来反抗他们。学校风潮，只要有十分之一的学生叫嚣捣乱，就可以拆散学校，引起学潮。其余的十分之九心中虽十二分的不愿意，却不能积极的团结起来，阻止那少数分子的胡闹。

生活在这种人中，自然有许多看不过眼的事情，不得不说两句话。这样就常常惹了祸了。可是我们究竟也是中国人，本性何尝爱管闲事呢？并且我们也有自己的生活要维持，还有许多天地间的奇书没有读，那有闲功夫来代人抱不平？这就算我们的新年的决心吧，虽然下次遇到了看不过眼的事情，能不能忍住不说话，我实在不敢保。

（选自《西滢闲话》，新月书店1928年版）

"旁若无人"

扫一扫，
收听有声版 ♫

梁实秋

在电影院里，我们大概都常遇到一种不愉快的经验。在你聚精会神的静坐着看电影的时候，会忽然觉得身下坐着的椅子颤动起来，动得很匀，不至于把你从座位里掀出去，动得很促，不至于把你颠摇入睡，颤动之快慢急徐，恰好令你觉得他讨厌。大概是轻微地震罢？左右探察震源，忽然又不颤动了。在你刚收起心来继续看电影的时候，颤动又来了。如果下决心寻找震源，不久就可以发现，毛病大概是出在附近的一位先生的大腿上。他的足尖踏在前排椅撑上，绷足了劲，利用腿筋的弹性，很优游的在那里发抖。如果这拘挛性的动作是由于羊癫疯一类的病症的暴发，我们要原谅他，但是不像，他嘴里并不吐白沫。看样子也不像是神经衰弱，他的动作是能收能发的，时作时歇，指挥如意。若说他是有意使前后左右两排座客不得安生，却也不然。全是陌生人无仇无恨，我们站在被害人的立场上看，这种变态行为只有一种解释，那便是他的意志过于集中，忘记旁边还有别人，换言之，便是"旁若无人"的态度。

"旁若无人"的精神表现在日常行为上者不只一端。例如欠伸，原是常事，"气乏则欠，体倦则伸。"但是在稠人广众之中，张开血盆巨口，作吃人状，把口里的獠牙显露出来，再加上伸胳臂伸腿如演太极，那样子就不免吓人。有人打哈欠还带音乐的，其声呜呜然，如吹号角，如鸣警报，如猿啼，如鹤唳，音容并茂，《礼记》："侍坐于君子，君子欠伸，撰杖屦，视日蚤莫，侍坐者请出矣。"是欠伸合于古礼，但亦以"君子"为限，平民岂可援引，对人伸胳臂张嘴，纵不吓人，至少令人觉得你是在逐客，或是表示你自己不能管制你自己的肢体。

邻居有叟，平常不大回家，每次归来必令我闻知。清晨有三声喷嚏，不只是清脆，而且宏亮，中气充沛，根据那声音之响我揣测必有异物入鼻，或是有人插入纸捻，那声音撞击在脸盆之上有金石声！随后是大排场的漱口，真是排山倒海，犹如骨鲠在喉，又似苍蝇下咽。再随后是三餐的饱嗝，一串串的咯声，像是下水道不甚畅通的样子。可惜隔着墙没能看见他剔牙，否则那一份刮垢磨光的钻探工程，场面也不会太小。

这一切"旁若无人"的表演究竟是偶然突发事件，经常令人困恼的乃是高声谈话。在喊救命的时候声音当然不嫌其大，除非是脖子被人踩在脚底下，但是普通的谈话似乎可以令人听见为度，而无需一定要力竭声嘶的去振聋发聩。生理学告诉我们，发音的器官是很复杂的，说话一分钟要有九百个动作，有一百块筋肉在弛张，但是大多数人似乎还嫌不足，恨不得嘴上再长一个扩大器。有个外国人疑心我们国人的耳鼓生得异样，那层膜许是特别厚，非扯着脖子喊不能听见，所以说话总是像打架。这批评有多少真理，我不知道。不过我们国人会嚷的本领，是谁也不能否认的。电影场里电灯初灭的时候，总有几声"嗳哟，小三儿，你在哪儿哪？"在戏院里，演员像是演哑剧，大锣大鼓之声依稀可闻，主要的声音是观众鼎沸，令人感觉好像是置身蛙塘。在旅馆里，好像前后左右都是庙会，不到夜深休想安眠，安眠之后难免没有响皮底的大皮靴毫无惭愧的在你门前踱来踱去。天未大亮，又有各种市声前来侵扰。一个人大声说话，是本能；小声说话，是文明。以动物而论，狮吼、狼嗥、虎啸、驴鸣、犬吠，即是小如促织蚯蚓，声音都不算小，都不会像人似的有时候也会低声说话。大概文明程度愈高，说话愈不以声大见长。群居的习惯愈久，愈不容易存留"旁若无人"的幻觉。我们以农立国，乡间地旷人稀，畎亩阡陌之间，低声说一句"早安"是不济事的，必得扯长了脖子喊一声"你吃过饭啦？"可怪的是，在人烟稠密的所在，人的喉咙还是不能缩小。更可异的是，纸驴嗓、破锣嗓、喇叭嗓、公鸡嗓，并不被一般的认为是缺陷，而且麻衣相法还公然的说，声音洪亮者主贵！

叔本华有一段寓言：

"一群豪猪在一个寒冷的冬天挤在一起取暖；但是他们的刺毛开始互相击刺，于是不得不分散开。可是寒冷又把他们驱在一起，于是同样的事故又发生了。最后，经过几番的聚散，他们发现最好是彼此保持相当的距离。同样的，群居的需要使得人形的豪猪聚在一起，只是他们本性中的带刺的令人不快的刺毛使得彼此厌恶。他们最后发现的使彼此可以相安的那个距离，便是那一套礼貌；凡违犯礼貌者便要受严词警告——用英语来说——请保持相当距离。用这方法，彼此取暖的需要只是相当的满足了；可是彼此可以不至互刺。自己有些暖气的人情愿走得远远的，既不刺人，又可不受人刺。"

逃避不是办法。我们只是希望人形的豪猪时常的提醒自己：这世界上除了自己还有别人，人形的豪猪既不止我一个，最好是把自己的大大小小的刺毛收敛一下，不必像孔雀开屏似的把自己的刺毛都尽量的伸张。

（选自《雅舍小集》，碧辉出版公司版）

中国的实用主义

夏丏尊

前天，本校数学教师刘心如先生和我说："有一个学生问我，数学学了有什么用？"我听了他的话，不觉想起了从书上看见过的一件故事来。几何学的老祖宗欧几里德曾聚集了许多青年教授几何，其中有一青年对于几何学也发生学了有什么用的疑问来，去问欧几里德。欧几里德叫人拿两个铜币给他。这青年莫名其妙起来。欧几里德和他说："你不是问'用'吗？铜币是可'用'的，你拿去用吧！"

刘先生在本校所用的数学教科书是美国布利士的混合数学。美国是以重实用出名的国度，哲学上的实用主义，美国很有几个大家，美国的教育全重实用。这重实用的布利士的数学教科书，学了还怕没有用，中国人的实用狂，程度现在美国以上了！

中国民族的重实利由来已久，一切学问、宗教、文学、思想、艺术等等，都以实用实利为根据。

一、学问　中国古来少有独立的学问：历史是明君臣大义的；礼是正人心的；乐是易风移俗的；考据金石之学是用以解经的……哪一件不是政治或圣人之经的奴隶？这就是各种学问的用处！

二、宗教　中国古来宗教的对象是天，"畏天""敬天"等语时见于古典中。可是中国人对于天的敬畏，全是以吉凶祸福为标准的，以为天能授福，能降凶，畏天敬天就是想转凶为吉，避祸得福。这样功利的宗教心，和他民族的绝对归依的宗教心全异其趣。佛教原是无功利的色彩的，一传入中国也蒙上了一层实利的色彩。民众间的求神或为求子，或为免灾。所谓"急来抱佛脚"，都是想"抛砖引玉"，取得较多的报酬。

三、思想　中国无唯理哲学。《易经》总算是论高远的哲理的，但也并不是为理说理，是以为明了理可以致用的。什么吉，什么凶，什么祸福等类的词，充满于全书中。可见《易经》虽说抽象的哲理，其目的所在仍是具体的实用，怪不得到现在流为占卜的工具了。到了孔子，这实用主义越发明白表示了。"未知生，焉知死"，"子不语怪力乱神"，是何等现世的，实利的！孟子以后，这实利主义更加露骨。孟子教梁惠王齐宣王行仁义，都是以"利"或富国强兵为钓饵的。

和孔孟相较，老子的思想似乎去实用较远，其实内面仍充满着实利的分子。老子表面上虽主张无为，而其目的却在提倡了"无为"去做到"无不为"；在某种意义上，实利的欲望可谓远过于孔孟，观法家思想的出于老子，就可知道老子的精神所在了。

四、文学　"文以载道"的中国当然少有纯粹的文学。我们试看上古的文学内容怎样，不是大多数是讽政治之隆污，颂君后之功德的吗？一部《诗经》中纯粹的抒情诗有几？偶然有几首人情自然流露如男女恋爱的诗，也被注家加上别的解释了。《诗经》以后的诗虽实利的分子较少，但往往被人视为小道，视为雕虫小技，除一二所谓"好学者"外是少有兴味的。戏曲小说也是这样，教做劝善惩恶或移风易俗的奴隶。无论如何醍醐的戏剧和小说，只要用着什么"报"字为名，就都可当官演唱，毫无顾忌。做小说戏曲的人也要用"言之者无罪，闻之者足戒"为标语。因为文人作文是要有益于世道人心的，无益于世道人心的文字在中国是不能存在的！

五、艺术　中国虽是古国，可是艺术很不发达，因为艺术和实用是不相调和的。中国历史上的旧建筑物只有城垒等等，至于普通家屋，到现在还不及世界任何的文明国。佛教传入以后，带了许多的佛教艺术来，造像、塔、寺殿等，到中国后虽无远大进步，仍不失为中国艺术上的重要部分。中国对艺术皆用实利的眼光去看，替艺术品穿上一件实利的衣裳。秦汉以来金石上的吉祥语就是这心情的表现。再看中国画上的题句吧！画牡丹花的，要题什么"玉堂富贵"；画竹子的，要"华封三祝"。水墨龙画是可以避火的，钟馗像是可以避邪的，所以大家都喜欢挂在厅堂里。

中国的实利主义的潮流发源可谓很远，流域也很广泛，滔滔然几乎无孔不入。养子是为防老，娶妻是为生子，读书是为做官，行慈善是为了名声……除用"做什么是为什么"来做公式外，实在说也说不尽！中国对于事情非有利不做，而所谓利，又是眼前的、现世的、个人的利。凡事要用利来引诱才得发生兴趣，所谓"利之所在，人必趋之"。凡事要讲"用"，凡事要问"有什么用？"怪不得现在大家流行所谓"利用"的手段了！

中国人经商向来是名闻全球的。其实，中国人是天生的好商人，即不经商的官僚、兵卒、学者、教师，也都含有商人性质的。

这样传统的实利实用思想，如果不除去若干，中国是没有什么进步可说的！我们生活在地球上，要绝对地不管实用原是不可能的事，但不应只作实用实利的奴隶。世界的文明有许多或是由需要而成的，例如因为要避风雨就发明了房屋，因为要充饥就发明了饭食等。但我们究不应说房屋只要能避风雨就够，饭食只要能充饥就够的。中国人的实用实利主义，实足扑杀一切文明的进化。

又，文明之中，有大部分是发明者先无所为，到了后来却有大用大利的。瓦特用心研究蒸汽力时，何尝想造火车头？居里研究镭，何尝想造夜光表？化学学者在试验室里把试验管用心观察，发明了种种事情，何尝是为了开工场作富翁？发明电气的何尝料到可以驶电车？

人类有创造的冲动，种种文明都可以说是创造冲动的产物。中国人的创造冲动都被浅薄的实利实用主义压灭了！你看，孜孜于实用实利的中国人，有像瓦特、居里那样的文明的创造者发明者吗？旧有的文明有进步吗？火药是中国发明的，在中国不是只做鞭炮吗？罗盘是中国发明的，不是到现在只用来看风水吗？

惟其以实用实利为标准，结果愈无利可得，无用可言。因为对于一切的要求太低，当然不会发生较高的欲望来。例如中国人娶妻的目的在生子，那么就只要有生殖机关的女子就不妨作妻了！社会上实际情形确是如此。你看这要求何等和平客气，真是所谓"所欲不奢"了！

中国人因为几千年抱实利实用主义的缘故，一切都不进化。无纯粹的历史，无纯粹的宗教，无纯粹的艺术，无纯粹的文学，并且竟至于弄到可用的物品都没有了！国民日常所用的物品，有许多都要仰给外人，金钱也流到外人的手里去！

几千年来抱着实利实用主义的中国人啊！你们的"用"在哪里？你们的"利"在哪里？

（选自《夏丏尊文集》，浙江文艺出版社1983年版）

并存和折中

扫一扫，
♫ 收听有声版

夏丏尊

从小读过《中庸》的中国人，有一种传统的思想和习惯，凡遇正反对的东西，都把他并存起来，或折中起来，意味的有无是不管的。这种怪异的情形，无论何时何地，都可随在发见。

已经有警察了，敲更的更夫依旧在城市存在，地保也仍在各乡镇存在。已经装了电灯了，厅堂中同时还挂着锡制的"满堂红"。剧场已用布景，排着布景的桌椅了，演剧的还坐布景的椅子以外的椅子。已经用白话文了，有的学校同时还教着古文。已经改了阳历了，阴历还在那里被人沿用。已经国体共和了，皇帝还依然坐在北京，……这就是所谓并存。

如果能"并行而不悖"原也不妨。但上面这样的并存，其实都是悖的。中国人在这里有一个很好的方法来掩饰其悖，使人看了好像是不悖的。

这方法是什么？就是"巧立名目"。

有了警察以后，地保就改名"乡警"了；行了阳历以后，阴历就名叫"夏正"了；改编新军以后，旧式的防营叫做"警备队"了；明明是一妻一妾，也可以用什么叫做"两头大"的名目来并存；这种事例举不胜举，实在滑稽万分。现在的督军制度，不就是以前的驻防吗？总统不就是以前的皇帝吗？都不是在那里借了巧立的名目，来与"民国"并存的吗？以彼例此，我们实在不能不怀疑了！

至于折中的现象，也到处都是。医生用一味冷药，必须再用一味热药来防止太冷；发辫剪去了，有许多人还把辫子底根盘留着，以为全体剪去也不好；除少数的都会的妇女外，乡间做母亲的有许多还用"太小不好，太大也不好"的态度，替女儿缠成不大不小的中脚。"某人的话是对的，不过太新了"，"不新不旧"也和"不丰不俭""不亢不卑"……一样，是一般人们底理想！"于自由之中，仍寓限制之意"，"法无可恕，情有可原"，……这是中国式的公文格调！"不可太信，不可太不信"，这是中国人底信仰态度！

这折中的办法是中国人的长技，凡是外来的东西，一到中国人底手里就都要受一番折中的处分。折中了外来的佛教思想和中国固有的思想，出了许多的"禅儒"；几次被他族征服了，却几次都能用折中的方法，把他族和自己的种族弄成一样。这都是历史上中国人的奇迹！

"中西"两个字触目皆是：有"中西药房"，有"中西旅馆"，有"中西大菜"，有"中西医士"，还有中西合璧的家屋，不中不西的曼陀派的仕女画！

讨价一千，还价五百，不成的时候，就再用七百五十的中数来折中。不但买卖上如此，到处都可用为公式。什么"妥协"，什么"调停"，都是这折中的别名。中国真不愧为"中"国哩！

在这并存和折中主义跋扈的中国，是难有彻底的改革，长足的进步的希望的。变法几十年了，成效在哪里？革命以前与革命以后，除一部分的男子剪去发辫，把一面黄龙旗换了五色旗以外，有什么大分别？迁就复迁就，调停复调停，新的不成，旧的不成，即使再经过多少年月，恐怕也不能显著地改易这老大国家的面目吧！

我们不能不诅咒古来"不为已甚"的教训了！我们要劝国民吃一服"极端"的毒药，来振起这祖先传下来的宿疾！我们要拜托国内军阀："你们如果是要作孽的，务须快作，务须作得再厉害一点！你们如果是卑怯的，务须再卑怯一点！"我们要恳求国内的政客："你们底'政治'，应该极端才好！要制宪吗？索性制宪！要联省自治吗？索性联省自治！要复辟吗？复辟也可以！要卖国吗？爽爽快快地卖国就是了！"我们希望我国军阀中，有拿破仑那样的人；我们希望我国"政治家"中，有梅特涅那样的人。辛亥式的革命，袁世凯式的帝制，张勋式的复辟，南北式的战争，忽而国民大会，忽而人民制宪，忽而联省自治等类不死不活不痛不痒的方子，愈使中华民国的毛病陷入慢性。我们对于最近的奉直战争，原希望有一面倒灭的，不料结果仍是一个并存的局面，仍是一个折中的覆辙！

社会一般人的心里都认执拗不化的人为痴呆，以模棱两可。不为已甚的人为聪明。中国人实在比一切别国的人来得聪明！同是圣人，中国的孔子比印度弃国出家的释迦聪明得多，比犹太的为门徒所卖身受磔刑的耶稣也聪明得多哩！至于现在，国民比聪明的孔子更聪明了！

　　我希望中国有痴呆的人出现！没有释迦、耶稣等类的太痴呆也可以，至少像托尔斯泰、易卜生等类的小痴呆是要几个的！现在把痴呆的易卜生底呆话，来介绍给聪明的同胞们吧：

　　"不完全，则宁无！"

（选自《夏丏尊文集》，上海文艺出版社1983年版）

象的故事

陈 源

　　前波兰总统，著名的大音乐家 Paderewski 在伦敦的新闻记者俱乐部演说，讲了一个故事。据说这个故事近来在欧洲是极流行的。有人请一个英国人，一个法国人，一个德国人，和一个波兰人都去著一篇关于象的论文。英国人预备好了打猎的行装，到印度去了，一年之后，回来写了一本有许多插画相片的书，叫，"大象，怎样的去打它"。法国人到巴黎的万牲园去看里面养的象，结交了看象的人做朋友，请他吃了几次饭，六星期之内就写成了一篇"象的恋爱"。德国人把所有说到象的书籍文件都读完了，写了一部三厚册的巨著，名字叫"象学入门"。俄国人回到楼顶上的小屋子里，喝了无数瓶的 vodka 酒，无数壶的茶，写了一本小书，叫"象——有没有这种动物？"波兰人回去就写，六星期后出一本叫"象与波兰问题"的小册子。

这一段短短的故事把英法德波兰的民族性形容得淋漓尽致，惟妙惟肖，无怪乎盛传一时了。要是里面又加了一个中国人，我想他一定在五分钟以内就写好了一首白话诗！"庞大无比的象呀，我羡慕你那韧厚的皮"。要是两句的白话诗算不得一篇论文，那么他回去翻翻旧杂志，副刊合订本之类，东钞一段，西凑一页，大约用不着两天，一篇论文必定可以写好了吧。这自然是说在平时的话，若在现时，他当然写一篇"英日帝国主义之侵略者——象"。还用得怀疑吗？

（选自《西滢闲话》，新月书店1928年版）

从外国回来的悲哀

扫一扫，
♫ 收听有声版

廖沫沙

　　一个从外国住了十几年后回来的朋友，近日时常跑来向我诉苦，说中国的生活过不惯。譬如大便，马桶既蹲不来，而遍上海打锣也寻不出一个干净的公共厕所。一到上海，起首就一星期不能大便，后来学习了蹲马桶，但也要三天后方能解一次。

　　于是我告诉他，这是他没有习惯的原故。但要是有钱，上海也还是可以舒服的，不过不能像外国那么便宜罢了：工人可以乘汽车上工，用抽水马桶大便。因为"中国是苦命的中国，中国人是苦命的中国人"，以大喻小，譬如国难，我们就"要安排吃苦"，不叫唤，也许国难可救，一叫唤，"便有亡国的危险"。所以大便不出，第一义也只有"沉默"，否则也许要"不许大便，如违送捕的"。

那位朋友又向我诉述别的种种苦楚：上电车要争先后，买东西要争价钱，否则常常吃亏。例如：一天，到邮局去发挂号信，因为照外国习惯，自己挨着次序，但别人却抢先去了，结果足足等了一个钟头才把信发掉；又一天乘黄包车，被拉到半途，放下来要加钱，……之类。

　　我说这也是没有办法的，等一等习惯了，自然没有困难。中国同胞，即使军、政、学、商各界在"道德字典"中拣选一百字，叫人奉为信条，"维持道德，挽回人心"，也无办法。倘使和你一道去买邮票的人也和你一样有机会到外国去住十几年，拉黄包车的也和你一样有钱乘车，中国早已由"苦命"变为"好命"了，何必一面抵抗，一面交涉？所以如今"苦命是注定了"的，要安排吃苦，不要叫苦。

　　那位朋友摇摇头，惨然而去。

原载1933年5月8日《申报·自由谈》，署名达伍。

（选自《廖沫沙文集》第1卷，北京出版社1986年版）

隔膜的笑剧

扫一扫，
♫ 收听有声版

秦 牧

    在海禁初开的时代，大清帝国有个"大学士"不相信欧洲存在西班牙、葡萄牙这样一些国家，以为这都是英、法等国捏造出来，借以进行讹诈的。无知产生了隔膜，隔膜产生了笑剧，这样的事情离现在已经颇久了。

    现在还有没有这类由于隔膜而产生的笑剧呢？有的，外国有，中国也有。也许因为我们住在作为祖国南大门的广州，多接触来来往往的国内外旅人的缘故吧，在我们这里，是常常听到这类事情的。

    有一个从澳洲回来的朋友说，那里，曾经发生过这么一件事情：两个中国人在路上走，一个忽感不适，另一个就在路旁给他刮痧，当病人肩背到处出现红痧点的时候，一个警察走过来了，认为给人刮痧者犯了虐待他人的罪行，准备抓他去审讯，两个中国人竭力辩解，说这是治病，并不是什么虐待。谁知，这一来，警察又认为是犯了"无牌行医罪"，问题更大了。纠缠了很久，后来经过其他过路的华侨的再三解释，一场风波才告平息。

中国有好些事物，某些外国人看来，是非常离奇古怪的。像皮蛋，在我们看来，是十分平常的食物，但是某些外国人却认为神奇莫测，竟称它为"世纪蛋"或"千年蛋"，过去有些到国外研习化学的留学生，写博士论文时竟有以皮蛋作专题的，而且居然获得博士学位，因此被人称为"皮蛋博士"。直到今天，仍有好些外国人对于皮蛋莫测高深，空凿附会地给它添上了一层神秘的色彩。有一个朋友曾经遇到一位墨西哥姑娘。那姑娘向他提出这样的问题："听说你们中国有一种千年蛋，可以放一千年，是用大乌龟的蛋做成的。"这个朋友听了如坠五里雾中，后来，彼此探询了大半天，他才弄清这原来是皮蛋的讹传。

又如：东欧有个别国家（如阿尔巴尼亚），点头表示的是否定，微微摇头表示的是肯定，这种动作，和世界上绝大多数地方的习惯刚好完全相反。曾经有一位朋友到那些国度去，上理发馆理发，双方言语不通，每过一阵子，理发师就端起一面镜子在后面照给他看，意思是问他剪这样长短合不合适，他点头表示"可以了"。谁知理发师并不停剪，又动起剪来。这样一而再，再而三，竟把发剪到短得不成样子，直到没法再剪短的时候，理发师这才罢休了。事后，他一打听，原来问题全出在"点头""摇头"

所表现的意思，双方原来是截然不同上面。

又如：有一次一批意大利人来中国访问，在举行宴会的时候，宾主双方为各种题目干杯。有一个很少接待外宾，不大熟谙礼仪的人，看到对方也是反法西斯的，就提议道："让我们为墨索里尼被吊死干杯！"谁知这样一来，竟出现不愉快的场面了，那几个意大利人都不愿举杯。原来，尽管他们也是反法西斯的，但是在宴会习惯上，却没有为把人吊死而干杯的前例。后来，总算转移了题目，才没有把这个僵局再延续下去。

在一般习惯上，作家出书，总是希望印得越多越好。但是，有些国家的作家，却自鸣孤高，不愿作品多印，只让书籍少量流通于市场，使购书的人不容易获得，以自矜身价。北京有一间出版社出版了一个外国作家的作品，印行了五万册。当那个外国作家到中国访问的时候，出版社负责人出面接待，客气地说："您的书，这次我们只印了五万册，以后销完再印。"谁知那个作家听了老大不高兴，怫然地说："为什么要印五万册呢！印得多了，就显不出它是珍贵的了。"一席话，弄得主人啼笑皆非。

像这一类的笑剧，在国际交往上，可以说是时常发生的。例如东南亚有些国家，视天灵盖为神圣之处，把人家的左手认为是龌龊的器官（因为这些国家的人们上厕时有以左手洗涤肛门的风习），如果以左手去抚摸人家的头顶，就可以发生严重的纠纷以至引起斗殴。菊花在中国是勇斗秋风、坚韧不拔的象征，然而在世界的不少国家里，它却是死亡的象征；如果碰到人家有喜事时，送一束菊花常常可以引起强烈的反感。猫头鹰在中国的风习中是邪僻不祥之物，在国外好些地方则是智慧的象征。蜗牛，在我们这里常有人以之代表"迟钝"，但在西方却有人把它代表"毅力"，"十年"中风传遐迩的"蜗牛事件"，正是那个无知而又骄横的老妇，在这种强不知以为知的基础上闹起来的。

这一类笑剧，有的使人一笑，有的使人沉思，有的则使人叹息。那些盲目的崇洋狂者闹的活剧，例如把海外盲人戴的有色眼镜买了回来，天天戴着招摇过市，自炫"洋化"；或者，以为男人留头发越长，在外国越时髦的人，不怕积垢的肮脏，不怕长夏的闷热，把头发留得男女不分，留得像只黑熊般的人物，姑不论整洁才是美的道理他们一点不懂，单就"追求国外标准"这有时是很无聊可笑的一项来说吧，他们所追求的，在国外现在也已经日渐过时了，以至于有些外人来到中国旅行的时候，也惊讶于中国为什么有些男青年，头发之长竟超越过世界水平。这些糊里糊涂的追求时髦者也不知道，像新加坡这类以"花园城市"著称的国家，对于男青年留长头发早已悬为厉禁，如果不愿剪短的，已经一律不准入境了。

国与国间的风俗习惯，本来就已经有许多的不同，中国现代史上经过了不幸的闭关锁国的十年动乱的阶段，又和许多国家扩大了彼此互不相知的距离，因此在这打开窗户，以至在某一程度上开了大门，容许正常往来的日子里，出现一些笑剧闹剧，是并不奇怪的。甚至可以说，这是偿还历史债务所不可免的悲喜剧。写到这里，我禁不住想起了"不要哭，不要笑，而要了解"的那句格言，也禁不住想起在国内外交往日渐频繁的日子里，总是要出现各种各样的人物的。真正能够吸取人家的长处，排斥人家的短处，坚定不移地奋勇前行，为国家和人民造福的，终究是那些冷静、朴素的探索者，而不是那些在洋风之前，目迷五色，直不起腰来的"时髦人"，也不是那些采取鸵鸟政策，对崭新事物一律采取排斥态度的顽固派。

1981，12，从化温泉

（选自《秦牧自选集》，花城出版社1984年版）

从孩子的照相说起

扫一扫，
收听有声版 ♫

鲁 迅

因为长久没有小孩子，曾有人说，这是我做人不好的报应，要绝种的。房东太太讨厌我的时候，就不准她的孩子们到我这里玩，叫作"给他冷清冷清，冷清得他要死！"但是，现在却有了一个孩子，虽然能不能养大也很难说，然而目下总算已经颇能说些话，发表他自己的意见了。不过不会说还好，一会说，就使我觉得他仿佛也是我的敌人。

他有时对于我很不满，有一回，当面对我说："我做起爸爸来，还要好……"甚而至于颇近于"反动"，曾经给我一个严厉的批评道："这种爸爸，什么爸爸！？"

我不相信他的话。做儿子时，以将来的好父亲自命，待到自己有了儿子的时候，先前的宣言早已忘得一干二净了。况且我自以为也不算怎么坏的父亲，虽然有时也要骂，甚至于打，其实是爱他的。所以他健康，活泼，顽皮，毫没有被压迫得瘟头瘟脑。如果真的是一个"什么爸爸"，他还敢当面发这样反动的宣言么？

但那健康和活泼，有时却也使他吃亏，九一八事件后，就被同胞误认为日本孩子，骂了好几回，还挨过一次打——自然是并不重的。这里还要加一句说的听的，都不十分舒服的话：近一年多以来，这样的事情可是一次也没有了。

中国和日本的小孩子，穿的如果都是洋服，普通实在是很难分辨的。但我们这里的有些人，却有一种错误的速断法：温文尔雅，不大言笑，不大动弹的，是中国孩子；健壮活泼，不怕生人，大叫大跳的，是日本孩子。

然而奇怪，我曾在日本的照相馆里给他照过一张相，满脸顽皮，也真像日本孩子；后来又在中国的照相馆里照了一张相，相类的衣服，然而面貌很拘谨，驯良，是一个道地的中国孩子了。

为了这事，我曾经想了一想。

这不同的大原因，是在照相师的。他所指示的站或坐的姿势，两国的照相师先就不相同，站定之后，他就瞪了眼睛，觑机摄取他以为最好的一刹那的相貌。孩子被摆在照相机的镜头之下，表情是总在变化的，时而活泼，时而顽皮，时而驯良，时而拘谨，时而烦厌，时而疑惧，时而无畏，时而疲劳……。照住了驯良和拘谨的一刹那的，是中国孩子相；照住了活泼或顽皮的一刹那的，就好像日本孩子相。

驯良之类并不是恶德。但发展开去，对一切事无不驯良，却决不是美德，也许简直倒是没出息。"爸爸"和前辈的话，固然也要听的，但也须说得有道理。假使有一个孩子，自以为事事都不如人，鞠躬倒退，或者满脸笑容，实际上却总是阴谋暗箭，我实在宁可听到当面骂我"什么东西"的爽快，而且希望他自己是一个东西。

但中国一般的趋势，却只在向驯良之类——"静"的一方面发展，低眉顺服，唯唯诺诺，才算一个好孩子，名之曰"有趣"。活泼、健康、顽强、挺胸仰面……凡是属于"动"的，那就未免有人摇头了，甚至于称之为"洋气"。又因为多年受着侵略，就和这"洋气"为仇；更进一步，则故意和这"洋气"反一调：他们活动，我偏静坐；他们讲科学，我偏扶乩；他们穿短衣，我偏着长衫；他们重卫生，我偏吃苍蝇；他们壮健，我偏生病……这才是保存中国固有文化，这才是爱国，这才不是奴隶性。

其实，由我看来，所谓"洋气"之中，有不少是优点，也是中国人性质中所本有的，但因了历朝的压抑，已经萎缩了下去，现在就连自己也莫名其妙，统统送给洋人了。这是必须拿它回来——恢复过来的——自然还得加一番慎重的选择。

即使并非中国所固有的罢，只要是优点，我们也应该学习。即使那老师是我们的仇敌罢，我们也应该向他学习。我在这里要提出现在大家所不高兴说的日本来，他的会摹仿，少创造，是为中国的许多论者所鄙薄的，但是，只要看看他们的出版物和工业品，早非中国所及，就知道"会摹仿"决不是劣点，我们正应该学习这"会摹仿"的。"会摹仿"又加以有创造，不是更好么？否则，只不过是一个"恨恨而死"而已。

我在这里还要附加一句像是多余的声明：我相信自己的主张，决不是"受了帝国主义者的指使"，要诱中国人做奴才；而满口爱国，满身国粹，也于实际上的做奴才并无妨碍。

八月七日

（选自《鲁迅全集》6卷，人民文学出版社1981年版）

结缘豆

扫一扫，
收听有声版 ♫

周作人

范寅《越谚》卷中风俗门云：

"结缘，各寺庙佛生日散钱与丐，送饼与人，名此。"敦崇《燕京岁时记》有"舍缘豆"一条云：

"四月八日，都人之好善者取青黄豆数升，宣佛号而拈之，拈毕煮熟，散之市人，谓之舍缘豆，预结来世缘也。谨按《日下旧闻考》，京师僧人念佛号者辄以豆记其数，至四月八日佛诞生之辰，煮豆微撒以盐，邀人于路请食之以为结缘，今尚沿其旧也。"刘玉书《常谈》卷一云：

"都南北多名刹，春夏之交，士女云集，寺僧之青头白面而年少者著鲜衣华屦，托朱漆盘，贮五色香花豆，蹀躞于妇女襟袖之间以献之，名曰结缘，妇女亦多嬉取者。适一僧至少妇前奉之甚殷，妇慨然大言曰，良家妇不愿与寺僧结缘。左右皆失笑，群妇赧然缩手而退。"

就上边所引的话看来，这结缘的风俗在南北都有，虽然情形略有不同。小时候在会稽家中常吃到很小的小烧饼，说是结缘分来的，范啸风所说的饼就是这个。这种小烧饼与"洞里火烧"的烧饼不同，大约直径一寸高约五分，馅用椒盐，以小皋步的为最有名，平常二文钱一个，底有两个窟窿，结缘用的只有一孔，还要小得多，恐怕还不到一文钱吧。北京用豆，再加上念佛，觉得很有意思，不过二十年来不曾见过有人拿了盐煮豆沿路邀吃，也不听说浴佛日寺庙中有此种情事，或者现已废止亦未可知，至于小烧饼如何，则我因离乡里已久不能知道，据我推想或尚在分送，盖主其事者多系老太婆们，而老太婆者乃是天下之最有闲而富于保守性者也。

结缘的意义何在？大约是从佛教进来以后，中国人很看重缘，有时候还至于说得很有点神秘，几乎近于命数。如俗语云，有缘千里来相会，无缘对面不相逢，又小说中狐鬼往来，末了必云缘尽矣，乃去。敦礼臣所云预结来世缘，即是此意。其实说得浅淡一点，或更有意思，例如唐伯虎之三笑，才是很好的缘，不必于冥冥中去找红绳缚脚也。我很喜欢佛教里的两个字，曰业曰缘，觉得颇能说明人世间的许多事情，仿佛与遗传及环境相似，却更带一点儿诗意。日本无名氏诗句云：

"虫呵虫呵，难道你叫着，业便会尽了么？"这业的观念太是冷而且沉重，我平常笑禅宗和尚那么超脱，却还挂念腊月二十八，觉得生死事大也不必那么操心，可是听见知了在树上喳喳地叫，不禁心里发沉，真感得这件事恐怕非是涅槃是没有救的了。缘的意思便比较的温和得多，虽不是三笑那么圆满也总是有人情的，即使如库普林在《晚间的来客》所说，偶然在路上看见一双黑眼睛，以至梦想颠倒，究竟逃不出是春叫猫儿猫叫春的圈套，却也还好玩些。此所以人家虽怕造业而不惜作缘欤？若结缘者又买烧饼煮黄豆，逢人便邀，则更十分积极矣，我觉得很有兴趣者盖以此故也。

为什么这样的要结缘的呢？我想，这或者由于不安于孤寂的缘故吧。富贵子嗣是大众的愿望，不过这都有地方可以去求，如财神送子娘娘等处，然而此外还有一种苦痛却无法解除，即是上文所说的人生的孤寂。孔子曾说过，鸟兽不可与同群，吾非斯人之徒而谁与。人是喜群的，但他往往在人群中感到不可堪的寂寞，有如在庙会时挤在潮水般的人丛里，特别像是一片树叶，与一切绝缘而孤立着。念佛号的老公公老婆婆也不会不感到，或者比平常人还要深切吧，想用什么仪式来施行袚除，列位莫笑他们这几颗豆或小烧饼，有点近似小孩们的"办人家"，实在却是圣餐的面包蒲萄酒似的一种象征，很寄存着深重的情意呢。我们的确彼此太缺少缘分，假如可能实有多结之必要，因此我对于那些好善者着实同情，而且大有加入的意思，虽然青头白面的和尚我与刘青园同样的讨厌，觉得不必与他们去结缘，而朱漆盘中的五色香花豆盖亦本来不是献给我辈者也。

我现在去念佛拈豆，这自然是可以不必了，姑且以小文章代之耳。我写文章，平常自己怀疑，这是为什么的：为公乎，为私乎？一时也有点说不上来。钱振锽《名山小言》卷七有一节云：

"文章有为我兼爱之不同。为我者只取我自家明白，虽无第二人解，亦何伤哉，老子古简，庄生诡诞，皆是也。兼爱者必使我一人之心共喻于天下，语不尽不止，孟子详明，墨子重复，是也。《论语》多弟子所记，故语意亦简，孔子诲人不倦，其语必不止此。或怪孔明文采不艳而过于丁宁周至，陈寿以为亮所与言尽众人凡士云云，要之皆文之近于兼爱者也。诗亦有之，王孟闲适，意取含蓄，乐天讽谕，不妨尽言。"这一节话说得很好，可是想拿来应用却不很容易，我自己写文章是属于那一派的呢？说兼爱固然够不上，为我也未必然，似乎这里有点儿缠夹，而结缘的豆乃仿佛似之，岂不奇哉。写文章本来是为自己，但他同时要一个看的对手，这就不能完全与人无关系，盖写文章即是不甘寂寞，无论怎样写得难懂意识里也总期待有第二人读，不过对于他没有过大的要求，即不必要他来做喽啰而已。煮豆微撒以盐而给人吃之，岂必要索厚偿，来生以百豆报我，但只愿有此微末情分，相见时好生看待，不至伥伥来去耳。古人往矣，身后名亦复何足道，唯留存二三佳作，使今人读之欣然有同感，斯已足矣，今人之所能留赠后人者亦止此，此均是豆也。几颗豆豆，吃过忘记未为不可，能略为记得，无论转化作何形状，都是好的，我想这恐怕是文艺的一点效力，他只是结点缘罢了。我却觉得很是满足，此外不能有所希求，而且过此也就有点不大妥当，假如想以文艺为手段去达别的目的，那又是和尚之流矣，夫求女人的爱亦自有道，何为舍正路而不由，乃托一盘豆以图之，此则深为不佞所不能赞同者耳。廿五年九月八日，在北平。

（选自《瓜豆集》，上海宇宙风社1937年3月版）

缘　日

周作人

　　到了夏天，时常想起东京的夜店。己酉庚戌之际，家住本乡的西片町，晚间多往大学前一带散步，那里每天都有夜店，但是在缘日特别热闹，想起来那正是每月初八本乡四丁目的药师如来吧。缘日意云有缘之日，是诸神佛的诞日或成道示现之日，每月在这一天寺院里举行仪式，有许多人来参拜，同时便有各种商人都来摆摊营业，自饮食用具，花草玩物，以至戏法杂耍，无不具备，颇似北京的庙会。不过庙会虽在寺院内，似乎已经全是市集的性质，又只以白天为限，缘日则晚间更为繁盛，又还算是宗教的行事，根本上就有点不同了。若月紫兰著《东京年中行事》卷上有缘日一则，前半云：

　　"东京市中每日必在什么地方有毗沙门，或药师，或稻荷样等等的祭祀。这便是缘日，晚间只要天气好，就有各色的什么饮食店，粗点心店，旧家具店，玩物店，以及种种家庭用具店，在那寺院境内及其附近，不知有多少家，接连的排着，开起所谓露店来，其中最有意思的大概要算是草花店吧。将各样应节的花木拿来摆着，讨着无法无天的价目，等候寿头来上钩。他们所讨的既是无法无天的价目，所以买客也总是五分之一或十分之一的乱七八糟的还价。其中也有说岂有此理，拒绝不理的，但是假如看去这并不是闹了玩的，卖花的也等到差不多适当的价钱就卖给客人了。"寺门静轩著《江户繁昌记》初编中有《赛日》一篇，也是写缘日情形的，原用汉文，今抄录一部分如下：

"古俚曲词云，月之八日茅场町，大师赛诣不动样，是可以证都中好赛为风之古。赛最盛于夏晚。各场门前街贾人争张露肆，卖器物者皆铺蒲席，并烧萨摩蜡烛，贾食物者必安床阁，弔鱼油灯火，陈果与蔬，烧团粉与明鲞，（案此应作鱿鱼），轧轧为鱼鲊，沸沸煎油饐。或列百物，价皆十九钱，随人择取，或拈阄合印，赌一货卖之于数人。卖茶娘必美艳，鬻水声自清凉。炫西瓜者照红笺灯，沽饧者张大油伞。灯笼儿（案据旁训即酸浆）十头一串，大通豆一囊四钱。以硝子坛盛金鱼，以黑纱囊贮丹萤。近年麦汤之行，茶店大抵供汤，缘麦汤出葛汤，自葛汤出卵汤，并和以砂糖，其他殊雪紫苏，色色异味。其际橐驼师（案即花匠）罗列盆卉种类，皆陈之于架上，闹花闲草，斗奇竞异，枝为屈蟠者，为气条者，叶有间色者，有间道者。钱蒲细叶者栽之以石，石长生作穿眼者以索垂之。若作托叶衣花，若树芦干挟枝。霸王树（案即仙人掌）拥虞美人草，凤尾蕉杂麒麟角（原注云，汉名龙牙木）。百两金，万年青，珊瑚翠兰，种种殊趣。大夫之松，君子之竹，杂木骈植，萧森成林。林下一面，野花点缀。杜荣招客，如求自鬻，女郎花（原注云，汉名败酱）媚伴老少年。露滴泪断肠花，风飘芳燕尾香。鸡冠草皆拱立，凤仙花自不凡。领幽光牵牛花，妆闹色洛阳花。卷丹偏共，黄芹姜兮。桔梗簇紫色，欲夺他家之红，米囊花碎，散落委泥，夜落金钱往往可拾。新罗菊接扶桑花边，见佛头菊于曼陀罗花天竺花间。向此红碧绵绮丛间，夹以虫商。宫商缴如，徵羽绎如，狗蝇黄（案和名草云雀，金铃子类）唱，纺绩娘和，金钟儿声应金琵琶，可恶为聒聒儿所夺。两担笼内，几种虫声，唧唧送韵，绣出武藏野当年荒凉之色，见之于热闹市中之今日，真奇观矣。"《江户繁昌记》共有六编，悉用汉文所写，而别有风趣，间亦有与中国用字造句绝异之处，略改一二，余仍其旧。初篇作于天保辛卯（一八三一），距今已一百十年，若月氏著上卷刊于明治辛亥（一九一一），亦在今三十年前，而二书相隔盖亦已有八十年之久矣。比较起来，似乎八十年的前后还没有什么大变化，本乡药师的花木大抵也是那些东西，只是多了些洋种，如鹤子花等罢了。近三十年的变化或者更大也未可料，虽然这并没有直接见闻，推想当是如此，总之西洋草花该大占了势力了吧。

北京庙会也多花店，只可惜不大有人注意，予以记录。《北平风俗类征》十三卷征引非不繁富，可是略一翻阅，查不到什么写花厂的文章，结果还只有敦礼臣所著的《燕京岁时记》，记《东西庙》一则下云：

"西庙曰护国寺，在皇城西北定府大街正西，东庙曰隆福寺，在东四牌楼西马市正北，自正月起，每逢七八日开西庙，九十日开东庙。开会之日，百货云集，凡珠玉绫罗，衣服饮食，古玩字画花鸟虫鱼，以及寻常日用之物，星卜杂技之流，无所不有，乃都城内之一大市会也。两庙花厂尤为雅观，夏日以茉莉为胜，秋日以桂菊为胜，冬日以水仙为胜，至于春花中如牡丹海棠丁香碧桃之流，皆能于严冬开放，鲜艳异常，洵足以巧夺天工，预支月令。"这里虽然语焉不详，但是慰情胜无，可以珍重。这种事情在有些人看来觉得没有意思，或者还是玩物丧志，要为道学家所呵叱，这者我也知道，向来没有人肯下笔记录，岂不就是为此么，但是我仍是相信，这都值得用心，而且还很有用处。要了解一国民的文化，特别是外国的，我觉得如单从表面去看，那是无益的事，须得着眼于其情感生活，能够了解几分对于自然与人生态度，这才可以稍有所得。从前我常想从文学美术去窥见一国的文化大略，结局是徒劳而无功，后始省悟，自呼愚人不止，懊悔无及，如要卷土重来，非从民俗学入手不可。古今文学美术之菁华，总是一时的少数的表现，持与现实对照，往往不独不能疏通证明，或者反有抵牾亦未可知，如以礼仪风俗为中心，求得其自然与人生观，更进而了解其宗教情绪，那么这便有了六七分光，对于这国的事情可以有懂得的希望了。不佞不凑巧乃是少信的人，宗教方面无法入门，此外关于民俗却还想知道，虽是炳烛读书，不但是老学而且是困学，也不失为遣生之法，对于缘日的兴趣亦即由此发生，写此小文，目的与文艺不大有关系，恐难得人赐顾，亦正是当然也。廿九年六月，夏至节。

（选自《药味集》，北平新民印书馆1942年3月版）

关于雷公

周作人

　　在市上买到乡人孙德祖的著作十种，普通称之曰《寄龛全集》，其实都是光绪年间随刻随印，并没有什么总目和名称。三种是在湖州做教官时的文牍课艺，三种是诗文词，其他是笔记，即《寄龛甲志》至《丁志》各四卷，共十六卷，这是我所觉得最有兴趣的一部分。寄龛的文章颇多"规模史汉及六朝骈俪之作"，我也本不大了解，但薛福成给他作序，可惜他不能默究桐城诸老的义法，不然就将写得更好，也是很好玩的一件事。不过我比诗文更看重笔记，因为这里边可看的东西稍多，而且我所搜的同乡著作中笔记这一类实在也很少。清朝的我只有俞蛟的《梦厂杂著》，汪鼎的《雨韭庵笔记》，汪琬的《松烟小录》与《旅谭》，施山的《薑露庵笔记》等，这《寄龛》甲乙丙丁志要算分量顶多的了。但是，我读笔记之后总是不满意，这回也不能是例外。我最怕读逆妇变猪或雷击不孝子的记事，这并不因为我是赞许忤逆，我感觉这种文章恶劣无聊，意思更是卑陋，无足取耳。冥报之说大抵如他们所说以补王法之不及，政治腐败，福淫祸善，乃以生前死后弥缝之，此其一，而文人心地褊窄，见不惬意者即欲正两观之诛，或为法所不问，亦其力所不及，则以阴谴处之，聊以快意，此又其二。所求于读书人者，直谅多闻，乃能立说著书，启示后人，今若此岂能望其为我们的益友乎。我读前人笔记，见多记这种事，不大喜欢，就只能拿来当作文章的资料，多有不敬的地方，实亦是不得已也。

《寄龛》甲乙丙丁志中讲阴谴的地方颇多，与普通笔记无大区别，其最特别的是关于雷的纪事及说明。如《甲志》卷二有二则云：

"庚午六月雷击岑墟鲁氏妇毙，何家溇何氏女也，性柔顺，舅姑极怜之，时方孕，与小姑坐厨下，小姑觉是屋热不可耐，趋他室取凉，才踰户限，霹雳下而妇殛矣。皆曰，宿业也。或疑其所孕有异。既而知其幼丧母，其叔母抚之至长，已而叔父母相继殁，遗子女各一，是尝赞其父收叔田产而虐其子女至死者也。皆曰，是宜殛。"

"顺天李小亭言，城子峪某甲事后母以孝闻，亦好行善事，中年家益裕，有子矣，忽为雷殛。皆以为雷误击。一邻叟慨然曰，雷岂有误哉，此事舍余无知之者，今不须复秘矣。"据叟所述则某甲少时曾以计推后母所生的幼弟入井中，故雷殛之于三十年后，又申明其理由云："所以至今日而后殛之者，或其祖若父不应绝嗣，俟其有子欤，雷岂有误哉。于是众疑始释，同声称天道不爽。"又《乙志》卷二有类似的话，虽然不是雷打：

"潜说友《咸淳临安志》云，钱塘潮八月十八日临安民俗大半出观。绍兴十年秋，……潮至汹涌异常，桥坏压溺死数百人，既而死者家来号泣收敛，道路指言其人尽平日不逞辈也。同治中甬江浮桥亦觏此变。桥以铁索连巨舶为之，维系巩固，往来者日千万人，视犹庄逵焉。其年四月望郡人赛五都神会，赴江东当过桥。行人及止桥上观者不啻千余，桥忽中断，巨舶或漂失或倾覆，死者强半。……徐柳泉垳为余言，是为夷粤燹后一小劫，幸免刀兵而卒罹此厄，虽未偏识其人，然所知中称自好者固未有与焉。印之潜氏所记，可知天道不爽。"又《丙志》卷二记钱西篯述广州风灾火灾，其第二则有云：

"学使署有韩文公祠，在仪门之外，大门之内，岁以六月演剧祠中。道光中剧场灾，死者数千人。得脱者仅三人，其一为优伶，方戴面具跳魁罡，从面具眼孔中窥见满场坐客皆有铁索连锁其足，知必有大变，因托疾而出。一为妓女，正坐对起火处，遥见板隙火光荧然，思避之而坐在最上层，纡回而下恐不及。近坐有捷径隔阑干不可越，适有卖瓜子者在阑外，急呼之，告以腹痛欲绝，倩负之归，谢不能，则卸一金腕阑界之曰，以买余命，隔阑飞上其肩，促其疾奔而出，卖瓜子者亦因之得脱。"孙君又论之曰：

"三人之得脱乃倡优居其二，以优人所见铁索连锁，知冥冥中必有主之者，岂数千人者皆有夙业，故縶之使不得去欤。优既不在此数，遂使之窥见此异，而坐下火光亦独一不在此数之妓女见之，又适有不在此数之卖瓜子者引缘而同出于难，异哉。然之三人者必有可以不死之道在，有知之者云，卖瓜子者事孀母孝，则余二人虽贱，其必有大善亦可以类推而知。"

我不惮烦地抄录这些话，是很有理由的，因为这可以算是代表的阴谴说也。这里所说不但是冥冥中必有主之者，而且天道不爽，雷或是火风都是决无误的，所以死者一定是该死，即使当初大家看他是好人，死后也总必发见什么隐恶，证明是宜殛，翻过来说，不死者也必有可以不死之道在，必有大善无疑。这种歪曲的论法全无是非之心，说得迂远一点，这于人心世道实在很有妨害，我很不喜欢低级的报应说的缘故一部分即在于此。王应奎的《柳南随笔》卷三有一则云：

"人怀不良之心者俗谚辄曰黑心当被雷击，而蚕豆花开时闻雷则不实，亦以花心黑也。此固天地间不可解之理，然以物例人，乃知谚语非妄，人可不知所惧哉。"尤其说得离奇，这在民俗学上固不失为最为珍奇的一条资料，若是读书人著书立说，将以信今传后，而所言如此，岂不可长太息乎。

阴谴说——我们姑且以雷殛恶人当作代表，何以在笔记书中那么猖獗，这是极重要也极有趣的问题，虽然不容易解决。中国文人当然是儒家，不知什么时候几乎全然沙门教（不是佛教）化了，方士思想的侵入原也早有，但是现今这种情形我想还是近五百年的事，即如《阴骘文》《感应篇》的发达正在明朝，笔记里也是明清最利害的讲报应，以前总还是好一点。查《太平御览》卷十三雷与霹雳下，自《列女后传》李叔卿事后有《异苑》

等数条，说雷击恶人事，《太平广记》卷三九三以下三卷均说雷，其第一条亦是李叔卿事，题云《列女传》，故此类记事可知自晋已有，但似不如后代之多而详备。又《论衡》卷六《雷虚篇》云：

"盛夏之时，雷电迅疾，击折树木，坏败屋室，时犯杀人。世俗以为击折树木坏败屋室者天取龙，其犯杀人也谓之阴过。饮食人以不洁净，天怒击而杀之，隆隆之声，天怒之音，若人之哅吁矣。世无愚智莫谓不然，推人道以论之，虚妄之言也。"又云：

"图画之工，图雷之状累累如连鼓之形，又图一人若力士之容，谓之雷公，使之左手引连鼓，右手推椎若击之状。其意以为雷声隆隆者，连鼓相扣击之音也，其魄然若敝裂者，椎所击之声也，其杀人也引连鼓相椎并击之矣。世又信之，莫谓不然，如复原之，虚妄之象也。"由此可见人有阴过被雷击死之说在后汉时已很通行，不过所谓阴过到底是些什么就不大清楚了，难道只是以不洁食人这一项么。这里我们可以注意的是王仲任老先生他自己便压根儿都不相信，他说：

"建武四年夏六月雷击杀会稽靳专日食（案此四字不可解，《太平御览》引作鄞县二字）羊五头皆死，夫羊何阴过而天杀之。"《御览》引桓谭《新论》有云：

"天下有鹳鸟，郡国皆食之，三辅俗独不敢取之，取或雷霹雳起。原夫天不独左彼而右此，其杀取时适与雷遇耳。"意见亦相似。王桓二君去今且千九百年矣，而有此等卓识，我们岂能爱今人而薄古人哉。王仲任又不相信雷公的那形状，他说：

"钟鼓无所悬着,雷公之足无所蹈履,安得而为雷。……雷公头不悬于天,足不蹈于地,安能为雷公。飞者皆有翼,物无翼而飞谓之仙人,画仙人之形为之作翼,如雷公与仙人同,宜复着翼。使雷公不飞,图雷家言其飞,非也,使实飞,不为着翼,又非也。"这条唯理论者的驳议似乎被采纳了,后来画雷公的多给他加上了两扇大肉翅,明谢在杭在《五杂组》卷一中云:

雷之形人常有见之者,大约似雌鸡,肉翅,其响乃两翅奋扑声也。"谢生在王后至少相隔一千五百年了,而确信雷公形如母鸡,令人想起《封神传》上所画的雷震子。《乡言解颐》五卷,瓮斋老人著,但知是宝坻县人姓李,有道光己酉序,卷一天部第九篇曰雷,文颇佳:

"《易·说卦》,震为雷为长子。乡人雷公爷之称或原于此乎。然雷公之名其来久矣。《素问》,黄帝坐明堂召雷公而问之曰,子知医道乎?对曰,诵而颇能解,解而未能别,别而未能明,明而未能彰焉。又药中有雷丸雷矢也。梨园中演剧,雷公状如力士,左手引连鼓,右手推椎若击之状。《国史补》,雷州春夏多雷,雷公秋冬则伏地中,人取而食之,其状类彘。其曰雷闻百里,则本乎震惊百里也。曰雷击三世,见诸说部者甚多。《左传》曰,震电冯怒,又曰,畏之如雷霆。故发怒申饬人者曰雷,受之者遂曰被他雷了一顿。晋顾恺之凭重桓温,温死,人问哭状,曰,声如震雷破山,泪如倾河注海。故见小孩子号哭无泪者曰干打雷不下雨。曰打头雷,仲春之月雷乃发声也。曰收雷了,仲秋之月雷始收声也。宴会中有雷令,手中握钱,第一猜着者曰劈雷,自己落实者曰闷雷。至于乡人闻小考之信则曰，又要雷同了，不知作何解。"我所见中国书中讲雷的，要算这篇小文最是有风趣了。

　　这里我连带地想起的是日本的关于雷公的事情。民间有一句俗语云，地震打雷火灾老人家。意思是说顶可怕的四样东西，可见他们也是很怕雷的，可是不知怎的对于雷公毫不尊敬，正如并不崇祀火神一样。我查日本的类书就没有看见雷击不孝子这类的纪事，虽然史上不乏有人被雷震死，都只当作一种天灾，有如现时的触电，不去附会上道德的意义。在文学美术上雷公却时时出现，可是不大庄严，或者反多有喜剧色彩。十四世纪的"狂言"里便有一篇《雷公》，说他从天上失足跌下来，闪坏了腰，动弹不得，请一位过路的庸医打了几针，大惊小怪的叫痛不迭，总算医好了，才能飞回天上去。民间画的"大津绘"里也有雷公的画，圆眼獠牙，顶有双角，腰裹虎皮，正是鬼（oni，恶鬼，非鬼魂）一般的模样，伏身云上，放下一条长绳来，挂着铁锚似的钩，去捞那浮在海水上的一个雷鼓。有名的滑稽小说《东海道中膝栗毛》（膝栗毛意即徒步旅行）后编下记老年朝山进香人的自述，雷公跌坏了在他家里养病，就做了他的女婿，后来一去不返，有雷公朋友来说，又跌到海里去被鲸鱼整个地吞下去了。我们推想这大约是一位假雷公，但由此可知民间讲雷公的笑话本来很多，而做女婿乃是其中最好玩的资料之一，据说还有这种春画，实在可以说是大不敬了。这样的洒脱之趣我最喜欢，因为这里有活力与生意。可惜中国缺少这种精神，只有《太平广记》载狄仁杰事，（《五杂组》亦转录），雷公为树所夹，但是救了他有好处，也就成为报应故事了。日本国民更多宗教情绪，而对于雷公多所狎侮，实在却更有亲近之感。中国人重实际的功利，宗教心很淡薄，本来也是一种特点，可是关于水火风雷都充满那些恐怖，所有记载与说明又都那么惨酷刻薄，正是一种病态心理，即可见精神之不健全。哈理孙女士论希腊神话有云：

"这是希腊的美术家与诗人的职务，来洗除宗教中的恐怖分子。这是我们对于希腊神话作者的最大的负债。"日本庶几有希腊的流风余韵，中国文人则专务创造出野蛮的新的战栗来，使人心愈益麻木萎缩，岂不哀哉。

廿五年五月

（选自《瓜豆集》，上海宇宙风社1937年3月版）

日本的衣食住

周作人

　　我留学日本还在民国以前，只在东京住了六年，所以对于文化云云
够不上说什么认识，不过这总是一个第二故乡，有时想到或者谈及，觉
得对于一部分的日本生活很有一种爱着。这里边恐怕有好些原因，重要
的大约有两个，其一是个人的性分，其二可以说是思古之幽情罢。我是
生长于东南水乡的人，那里民生寒苦，冬天屋内没有火气，冷风可以直
吹进被窝来，吃的通年不是很咸的腌菜也是很咸的腌鱼，有了这种训练去
过东京的下宿生活，自然是不会不合适的。我那时又是民族革命的一信徒，
凡民族主义必含有复古思想在里边，我们反对清朝，觉得清以前或元以
前的差不多都好，何况更早的东西。听说夏穗卿钱念劬两位先生在东京
街上走路，看见店铺招牌的某文句或某字体，常指点赞叹，谓犹存唐代

遗风，非现今中国所有。冈千仞著《观光纪游》中亦纪杨惺吾回国后事云：

"惺吾杂陈在东所获古写经，把玩不置曰，此犹晋时笔法，宋元以下无此真致。"这种意思在那时大抵是很普通的。我们在日本的感觉，一半是异域，一半却是古昔，而这古昔乃是健全地活在异域的，所以不是梦幻似地空假，而亦与高丽安南的优孟衣冠不相同也。

日本生活中多保存中国古俗，中国人好自大者反讪笑之，可谓不察之甚。《观光纪游》卷二《苏杭游记》上，记明治甲申（一八八四）六月二十六日事云：

"晚与杨君赴陈松泉之邀，会者为陆云孙，汪少符，文小坡。杨君每谈日东一事，满坐哄然，余不解华语，痴坐其旁。因以为我俗席地而坐，食无案桌，寝无卧床，服无衣裳之别，妇女涅齿，带广，蔽腰围等，皆为外人所讶者，而中人辫发垂地，嗜毒烟甚食色，妇女约足，人家不设厕，街巷不容车马，皆不免陋者，未可以内笑外，以彼非此。"冈氏言虽未免有悻悻之气，实际上却是说得很对的。以我浅陋所知，中国人纪述日本风俗最有理解的要算黄公度，《日本杂事诗》二卷成于光绪五年己卯，已是五十七年前了，诗也只是寻常，注很详细，更难得的是意见明达。卷下关于房屋的注云：

"室皆离地尺许，以木为板，藉以莞席，入室则脱屦户外，袜而登席。无门户窗牖，以纸为屏，下承以槽，随意开阖，四面皆然，宜夏而不宜冬也。室中必有阁以庋物，有床第以列器皿陈书画。（室中留席地，以半掩以纸屏，架为小阁，以半悬挂玩器，则缘古人床第之制而亦仍其名。）楹柱皆以木而不雕漆，昼常掩门而夜不扃钥。寝处无定所，展屏风，张帐幔，则就寝矣。每日必洒扫拂拭，洁无纤尘。"又一则云：

"坐起皆席地，两膝据地，伸腰危坐，而以足承尻后，若跌坐，若蹲踞，若箕踞，皆为不恭。坐必设褥，敬客之礼有敷数重席者。有君命则设几，使者宣诏毕，亦就地坐矣。皆古礼也。因考《汉书》贾谊传，文帝不觉膝之前于席。《三国志》管宁传，坐不箕股，当膝处皆穿。《后汉书》，向栩坐板，坐积久板乃有膝踝足指之处。朱子又云，今成都学所存文翁礼殿刻石诸像，皆膝地危坐，两踵隐然见于坐后帷裳之下。今观之东人，知古人常坐皆如此。"（《日本国志》成于八年后丁亥，所记稍详略有不同，今不重引。）

这种日本式的房屋我觉得很喜欢。这却并不由于好古，上文所说的那种坐法实在有点弄不来，我只能胡坐，即不正式的跌跏，若要像管宁那样，则无论敷了几重席也坐不到十分钟就两脚麻痹了。我喜欢的还是那房子的适用，特别便于简易生活。《杂事诗》注已说明屋内铺席，其制编稻草为台，厚可二寸许，蒙草席于上，两侧加麻布黑缘，每席长六尺宽三尺，室之大小以席计数，自两席以至百席，而最普通者则为三席，四席半，六席，八席，学生所居以四席半为多。户窗取明者用格子糊以薄纸，名曰障子，可称纸窗，其他则两面裱暗色厚纸，用以间隔，名曰唐纸，可云纸屏耳。阁原名户棚，即壁厨，分上下层，可分贮被褥及衣箱杂物。床笫原名"床之间"，即壁龛而大，下宿不设此，学生租民房时可利用此地堆积书报，几乎平白地多出一席地也。四席半一室面积才八十一方尺，比维摩斗室还小十分之二，四壁萧然，下宿只供给一副茶具，自己买一张小几放在窗下。再有两三个坐褥，便可安住。会在几前读书写字，前后左右凡有空地都可安放书卷纸张，等于一大书桌，客来遍地可坐，客六七人不算拥挤，倦时随便卧倒，不必另备沙发，深夜从壁厨取被摊开，又便即正式睡觉了。昔时常见日本学生移居，车上载行李只铺盖衣包小几或加书籍，自己手拿玻璃洋油灯在车后走而已。中国公寓住室多在方丈以上，而板床桌椅箱架之外无多馀地，令人感到局促，无安闲之趣。大抵中国房屋与西洋的相同，都是宜于华丽而不宜于简陋，一间房子造成，还是行百里者半九十，非是有相当的器具陈设不能算完成，日本则土木功毕，铺席糊窗，即可居住，别无一点不足，而且还觉得清疏有致。从前在日本旅行，在吉松高锅等山村住宿，坐在旅馆的朴素的一室内凭窗看山，或着浴衣躺席上，要一壶茶来吃，这比向来住过的好些洋式中国式的旅舍都要觉得舒服，简单而省费。这样房屋自然也有缺点，如《杂事诗》注所云宜夏而不宜冬，其次是容易引火，还有或者不大谨慎，因为槽上拉动的板窗木户易于偷启，而且内无扃钥，贼一入门便可各处自在游行也。

关于衣服《杂事诗》注只讲到女子的一部分，卷二云：

“宫装皆披发垂肩，民家多古装束，七八岁时丫髻双垂，尤为可人。长，耳不环，手不钏，髻不花，足不弓鞋，皆以红珊瑚为簪。出则携蝙蝠伞。带宽咫尺，围腰二三匝，复倒卷而直垂之，若襁负者。衣袖尺许，襟广微露胸，肩脊亦不尽掩，傅粉如面然，殆《三国志》所谓丹朱坋身者耶。"又云：

女子亦不着裤，里有围裙，《礼》所谓中单，《汉书》所谓中裙，深藏不见足，舞者回旋偶一露耳。五部洲惟日本不着裤，闻者惊怪。今按《说文》，袴，胫衣也。《逸雅》，袴，两股各跨别也。袴即今制，三代前固无。张萱《疑曜》曰，袴即裤，古人皆无裆，有裆起自汉昭帝时上官宫人。考《汉书》上官后传，宫人使令皆为穷袴。服虔曰，穷袴前后有裆，不得交通。是为有裆之袴所缘起。惟《史记》叙屠岸贾有置其袴中语，《战国策》亦称韩昭侯有敝袴，则似春秋战国既有之，然或者尚无裆耶。"这个问题其实本很简单。日本上古有袴，与中国西洋相同，后受唐代文化衣冠改革，由筒管袴而转为灯笼袴，终乃袴脚益大，袴裆渐低，今礼服之"袴"已几乎是裙了。平常着袴，故里衣中不复有袴类的东西，男子但用犊鼻裈，女子用围裙，就已行了，迨后民间平时可以衣而不裳，遂不复着，但用作乙种礼服，学生如上学或访老师则和服之上必须着袴也。现今所谓和服实即古时之所谓"小袖"，袖本小而底圆，今则甚深广，有如口袋，可以容手巾笺纸等，与中国和尚所穿的相似，西人称之曰 Kimono，原语云"着物"，实只是衣服总称耳。日本衣裳之制大抵根据中国而逐渐有所变革，乃成今状，盖与其房屋起居最适合，若以现今和服住洋房中，或以华服住日本房，亦不甚适也。《杂事诗》注又有一则关于鞋袜的云：

"袜前分歧为二靫，一靫容拇指，一靫容众指。屐有如开字者，丙齿甚高，又有作反凹者。织蒲为苴，皆无墙有梁，梁作人字，以布缏或纫蒲系于头，必两指间夹持用力乃能行，故袜分作两歧。考《南史》虞玩之传，一屐着三十年，蒉断以芒接之。古乐府，黄桑柘屐蒲子履，中央有丝两头系。知古制正如此也，附注于此。"这个木屐也是我所喜欢着的，我觉得比广东用皮条络住脚背的还要好，因为这似乎更着力可以走路。黄君说必两指间夹持用力乃能行，这大约是没有穿惯，或者因中国男子多裹脚，脚指互叠不能衔梁，衔亦无力，所以觉得不容易，其实是套着自然着力，用不着什么夹持的。去年夏间我往东京去，特地到大震灾时没有毁坏的本乡去寄寓，晚上穿了和服木屐，曳杖，往帝国大学前面一带去散步，看看旧书店和地摊，很是自在，若是穿着洋服就觉得拘束，特别是那么大热天。不过我们所能穿的也只是普通的"下驮"，即所谓反凹字形状的一种，此外名称"日和下驮"底作兀字形而不很高者从前学生时代也曾穿过，至于那两齿甚高的"足驮"那就不敢请教了。在民国以前，东京的道路不很好，也颇有雨天变酱缸之概，足驮是雨具中的要品，现代却可以不需，不穿皮鞋的人只要有日和下驮就可应付，而且在实际上连这也少见了。

《杂事诗》注关于食物说的最少，其一云：

"多食生冷，喜食鱼，聂而切之，便下箸矣，火熟之物亦喜寒食。寻常茶饭，萝卜竹笋而外，无长物也。近仿欧罗巴食法，或用牛羊。"又云：

"自天武四年因浮屠教禁食兽肉，非饵病不许食。卖兽肉者隐其名曰药食，复曰山鲸。所悬望子，画牡丹者豕肉也，画丹枫落叶者鹿肉也。"讲到日本的食物，第一感到惊奇的事的确是兽肉的稀少。二十多年前我还在三田地方看见过山鲸（这是野猪的别号）的招牌，画牡丹枫叶的却已不见。虽然近时仿欧罗巴法，但肉食不能说很盛，不过已不如从前以兽肉为秽物禁而不食，肉店也在"江都八百八街"到处开着罢了。平常鸟兽的肉只是猪牛与鸡，羊肉简直没处买，鹅鸭也极不常见。平民的下饭的菜到现在仍旧还是蔬菜以及鱼介。中国学生初到日本，吃到日本饭菜那么清淡，枯槁，没有油水，一定大惊大根，特别是在下宿或分租房间的地方。这是大可原谅的，但是我自己却不以为苦，还觉得这有别一种风趣。吾乡穷苦，人民努力日吃三顿饭，唯以腌菜臭豆腐螺蛳为菜，故不怕咸与臭，亦不嗜油若命，到日本去吃无论什么都不大成问题。有些东西可以与故乡的什么相比，有些又即是中国某处的什么，这样一想就很有意思。如味噌汁与干菜汤，金山寺味噌与豆板酱，福神渍与酱咯哒，牛蒡独活与芦笋，盐鲑与勒鲞，皆相似的食物也。又如大德寺纳豆即咸豆豉，泽庵渍即福建的黄土萝卜，蒟蒻即四川的黑豆腐，刺身即广东的鱼生，寿司（《杂事诗》作寿志）即古昔的鱼鲊，其制法见于《齐民要术》，此其间又含有文化交通的历史，不但可吃，也更可思索。家庭宴集自较丰盛，但其清淡则如故，亦仍以菜蔬鱼介为主，鸡豚在所不废，唯多用其瘦者，故亦不油腻也。近时社会上亦流行中国及西洋菜，试食之则并不佳，即有名大店亦如此，盖以日东手法调理西餐（日本昔时亦称中国为西方）难得恰好，唯在赤坂一家云"茜"者吃中餐极佳，其厨师乃来自北平云。日本食物之又一特色为冷，确如《杂事诗》注所言。下宿供膳尚用热饭，人家则大抵只煮早饭，家人之为官吏教员公司职员工匠学生者皆裹饭而出，名曰"便当"，匣中盛饭，别一格盛菜，上者有鱼，否则梅干一二而已。

傍晚归来，再煮晚饭，但中人以下之家便吃早晨所馀，冬夜苦寒，乃以热苦茶淘之。中国人惯食火热的东西，有海军同学昔日为京官，吃饭恨不热，取饭锅置坐右，由锅到碗，由碗到口，迅疾如暴风雨，乃始快意，此固是极端，却亦是一好例。总之对于食物中国大概喜热恶冷，所以留学生看了"便当"恐怕无不头痛的。不过我觉得这也很好，不但是故乡有吃"冷饭头"的习惯，说得迂腐一点，也是人生的一点小训练。希望人人都有"吐斯"当晚点心，人人都有小汽车坐，固然是久远的理想，但是目前似乎刻苦的训练也是必要。日本因其工商业之发展，都会文化渐以增进，享受方面也自然提高，不过这只是表面的一部分，普通的生活还是很刻苦，此不必一定是吃冷饭，然亦不妨说是其一。中国平民生活之苦已甚矣，我所说的乃是中流的知识阶级应当学点吃苦，至少也不要太讲享受。享受并不限于吃"吐斯"之类，抽大烟娶姨太太打麻将是中流享乐思想的表现，此一种病真真不知道如何才救得过来，上文云云只是姑妄言之耳。

六月九日《大公报》上登载梁实秋先生的一篇论文，题曰《自信力与夸大狂》，我读了很是佩服，有关于中国的衣食住的几句话可以引用在这里。梁先生说中国文化里也有一部分是优于西洋者，解说道：

"我觉得可说的太少，也许是从前很多，现在变少了。我想来想去只觉得中国的菜比外国的好吃，中国的长袍布鞋比外国的舒适，中国的宫室园林比外国的雅丽，此外我实在想不出有什么优于西洋的东西。"梁先生的意思似乎重在消极方面，我们却不妨当作正面来看，说中国的衣食住都有些可取的地方。本来衣食住三者是生活中最重要的部分，因其习惯与便利，发生爱好的感情，转而成为优劣的辨别，所以这里边很存着主观的成分，实在这也只能如此，要想找一根绝对平直的尺度来较量盖几乎是不可能的。固然也可以有人说，"因为西洋人吃鸡蛋，所以兄弟也吃鸡蛋。"不过在该吃之外还有好吃问题，恐怕在这一点上未必能与西洋人一定合致，那么这吃鸡蛋的兄弟对于鸡蛋也只有信而未至于爱耳。因此，改革一种生活方式很是烦难，而欲了解别种生活方式亦不是容易的事。有的事情在事实并不怎么愉快，在道理上显然看出是荒谬的，如男子拖辫，女人缠足，似乎应该不难解决了，可是也并不如此，民国成立已将四半世纪了，而辫发未绝迹于村市，士大夫中爱赏金莲步者亦不乏其人，他可知矣。谷崎润一郎近日刊行《摄阳随笔》，卷首有《阴翳礼赞》一篇，其中说漆碗盛味噌汁（以酱汁作汤，蔬类作料，如茄子萝卜海带，或用豆腐）的意义，颇多妙解，至悉归其故于有色人种，以为在爱好上与白色人种异其趣，虽未免稍多宿命观的色彩，大体却说得很有意思。中日同是黄色的蒙古人种，日本文化古来又取资中土，然而其结果乃或同或异，唐时不取太监，宋时不取缠足，明时不取八股，清时不取雅片，又何以嗜好迥殊耶。我这样说似更有阴沉的宿命观，但我固深钦日本之善于别择，一面却亦仍梦想中国能于将来荡涤此诸染污，盖此不比衣食住是基本的生活，或者其改变尚不至于绝难欤。

我对于日本文化既所知极浅，今又欲谈衣食住等的难问题，其不能说得不错，盖可知也。幸而我预先声明，这全是主观的，回忆与印象的一种杂谈，不足以知日本真的事情，只足以见我个人的意见耳。大抵非自己所有者不能深知，我尚能知故乡的民间生活，因此亦能于日本生活中由其近似而得理会，其所不知者当然甚多，若所知者非其真相而只是我的解说，那也必所在多有而无可免者也。日本与中国在文化的关系上本犹罗马之与希腊，及今乃成为东方之德法，在今日而谈日本的生活，不撒有"国难"的香料，不知有何人要看否，我亦自己怀疑。但是，我仔细思量日本今昔的生活，现在日本"非常时"的行动，我仍明确地看明白日本与中国毕竟同是亚细亚人，兴衰祸福目前虽是不同，究竟的命运还是一致，亚细亚人岂终将沦于劣种乎，念之惘然。因谈衣食住而结论至此，实在乃真是漆黑的宿命论也。

廿四年六月廿一日，在北平

（选自《苦竹杂记》，岳麓书社1987年7月版）

日本的文化生活

郁达夫

　　无论那一个中国人，初到日本的几个月中间，最感觉到苦痛的，当是饮食起居的不便。

　　房子是那么矮小的，睡觉是在铺地的席子上睡的，摆在四脚高盘里的菜蔬，不是一块烧鱼，就是几块同木片似的牛蒡。这是二三十年前，我们初去日本念书时的大概情形；大地震以后，都市西洋化了，建筑物当然改了旧观，饮食起居，和从前自然也是两样，可是在饮食浪费过度的中国人的眼里，总觉得日本的一般国民生活，远没有中国那么的舒适。

　　但是住得再久长一点，把初步的那些困难克服了以后，感觉就马上会大变起来；在中国社会里无论到什么地方去也得不到的那一种安稳之感，会使你把现实的物质上的痛苦忘掉，精神抖擞，心气和平，拼命的只想去搜求些足使智识开展的食粮。

若再在日本久住下去，滞留年限，到了三五年以上，则这岛国的粗茶淡饭，变得件件都足怀恋；生活的刻苦，山水的秀丽，精神的饱满，秩序的整然，回想起来，真觉得在那儿过的，是一段蓬莱岛上的仙境里的生涯，中国的社会，简直是一种乱杂无章，盲目的土拨鼠式的社会。

记得有一年在上海生病，忽而想起了学生时代在日本吃过的早餐酱汤的风味；教医院厨子去做来吃，做了几次，总做不像，后来终于上一位日本友人的家里去要了些来，从此胃口就日渐开了；这虽是我个人的生活的一端，但也可以看出日本的那一种简易生活的耐人寻味的地方。

而且正因为日本一般的国民生活是这么刻苦的结果，所以上下民众，都只向振作的一方面去精进。明治维新，到现在不过七八十年，而整个国家的进步，却尽可以和有千余年文化在后的英法德意比比；生于忧患，死于逸乐，这话确是中日两国一盛一衰的病源脉案。

刻苦精进，原是日本一般国民生活的倾向，但是另一面哩，大和民族，却也并不是不晓得享乐的野蛮原人。不过他们的享乐，他们的文化生活，不喜铺张，无伤大体；能在清淡中出奇趣，简易里寓深意，春花秋月，近水遥山，得天地自然之气独多，这，一半虽则也是奇山异水很多的日本地势使然，但一大半却也可以说是他们那些岛国民族的天性。

先以他们的文学来说罢，最精粹最特殊的古代文学，当然是三十一字母的和歌。写男女的恋情，写思妇怨男的哀慕，或写家园的兴亡，人生的流转，以及世事的无常，风花雪月的迷人等等，只有清清淡淡，疏疏落落的几句，就把乾坤今古的一切情感都包括得纤屑不遗了。至于后来兴起的俳句哩，又专以情韵取长，字句更少——只十七字母——而余韵余情，却似空中的柳浪，池上的微波，不知所自始，也不知其所终，飘飘忽忽，袅袅婷婷；短短的一句，你若细嚼反刍起来，会经年累月的使你如吃橄榄，越吃越有回味。最近有一位俳谐师高滨虚子，曾去欧洲试了一次俳句的行脚，从他的记行文字看来，到处只以和服草履作横行的这一位俳人，在异国的大都会，如伦敦、柏林等处，却也遇见了不少的热心作俳句的欧洲男女。他回国之后，且更闻有西欧数处在计划着出俳句的杂志。

其次，且看看他们的舞乐看！乐器的简单，会使你回想到中国从前唱"南风之薰矣"的上古时代去。一棹七弦或三弦琴，拨起来声音也并不响亮；再配上一个小鼓——是专配三弦琴的，如能乐，歌舞伎，净琉璃等演出的时候——同凤阳花鼓似的一个小鼓，敲起来，也只是冬冬地一种单调的鸣声。但是当能乐演到半酣，或净琉璃唱到吃紧，歌舞伎舞至极顶的关头，你眼看着台上面那种舒徐缓缓的舞态——日本舞的动作并不复杂，并无急调——耳神经听到几声玎玎玲玲与冬冬笃拍的声音，却自然而然的会得精神振作，全身被乐剧场面的情节吸引过去。以单纯取长，以清淡制胜的原理，你只教到日本的上等能乐舞台或歌舞伎座去一看，就可以体会得到。将这些来和西班牙舞的铜琶铁板，或中国戏的响鼓十番一比，觉得同是精神的娱乐，又何苦嘈嘈杂杂，闹得人头脑昏沉才能得到醍醐灌顶的妙味呢？

还有秦楼楚馆的清歌，和着三味线太鼓的哀音，你若当灯影阑珊的残夜，一个人独卧在"水晶帘卷近秋河"的楼上，远风吹过，听到它一声两声，真像是猿啼雁叫，会动荡你的心腑，不由你不扑簌簌地落下几点泪来；这一种悲凉的情调，也只有在日本，也只有从日本的简单乐器和歌曲里，才感味得到。

此外，还有一种合着琵琶来唱的歌；其源当然出于中国，但悲壮激昂，一经日本人的粗喉来一喝，却觉得中国的黑头二面，决没有那么的威武，与"春雨楼头尺八箫"的尺八，正足以代表两种不同的心境；因为尺八音脆且纤，如怨如慕，如泣如诉，迹近女性的缘故。

日本人一般的好作野外嬉游，也是为我们中国人所不及的地方。春过彼岸，樱花开作红云；京都的岚山丸山，东京的飞鸟上野，以及吉野等处，全国的津津曲曲，道路上差不多全是游春的男女。"家家扶得醉人归"的《春社》之诗，仿佛是为日本人而咏的样子。而祇园的夜樱与都踊，更可以使人魂销魄荡，把一春的尘土，刷落得点滴无余。秋天的枫叶红时，景状也是一样。此外则岁时伏腊，即景言游，凡潮汐干时，蕨薇生日，草菌簇起，以及萤火虫出现的晚上，大家出狩，可以谑浪笑傲，脱去形骸；至于元日的门松，端阳的张鲤祭雏，七夕的拜星，中元的盆踊，以及重九的栗糕等等，所奉行的虽系中国的年中行事，但一到日本，却也变成了很有意义的国民节会，盛大无伦。

日本人的庭园建筑，佛舍浮屠，又是一种精微简洁，能在单纯里装点出趣味来的妙艺。甚至家家户户的厕所旁边，都能装置出一方池水，几树楠天，洗涤得窗明宇洁，使你闻觉不到秽浊的熏蒸。

在日本习俗里最有趣味的一种幽闲雅事，是叫作茶道的那一番礼节；各人长跪在一堂，制茶者用了精致的茶具，规定而熟练的动作，将末茶冲入碗内，顺次递下，各喝取三口又半，直到最后，恰好喝完。进退有节，出入如仪，融融泄泄，真令人会想起唐宋以前，太平盛世的民风。

还有"生花"的插置，在日本也是一种有派别师承的妙技；一只瓦盆，或一个净瓶之内，插上几枝红绿不等的花枝松干，更加些泥沙岩石的点缀，小小的一穿围里，可以使你看出无穷尽的多样一致的配合来。所费不多，而能使满室生春，这又是何等经济而又美观的家庭装饰！

日本人的和服，穿在男人的身上，倒也并不十分雅观；可是女性的长袖，以及腋下袖口露出来的七色的虹纹，与束腰带的颜色来一辉映，却又似万花缭乱中的蝴蝶的化身了。《蝴蝶夫人》这一出歌剧，能够耸动欧洲人的视听，一直到现在，也还不衰的原因，就在这里。

日本国民的注重清洁，也是值得我们钦佩的一件美德。无论上下中等的男女老幼，大抵总要每天洗一次澡；住在温泉区域以内的人，浴水火热，自地底涌出，不必烧煮，洗澡自然更觉简便；就是没有温泉水脉的通都大邑的居民，因为设备简洁，浴价便宜之故，大家都以洗澡为一天工作完了后的乐事。国民一般轻而易举的享受，第一要算这种价廉物美的公共浴场了，这些地方，中国人真要学学他们才行。

凡上面所说的各点，都是日本固有的文化生活的一小部分。自从欧洲文化输入以后，各都会都摩登化了，跳舞场，酒吧间，西乐会，电影院等等文化设备，几乎欧化到了不能再欧，现在连男女的服装，旧剧的布景说白，都带上了牛酪奶油的气味；银座大街的商店，门面改换了洋楼，名称也唤作了欧语，譬如水果饮食店的叫作 Fruits Parlour，旗亭的叫作 Gafé vienna 或 Barcelona 之类，到处都是；这一种摩登文化生活，我想叫上海人说来，也约略可以说得，并不是日本独有的东西，所以此地从略。

末了，还有日本的学校生活，医院生活，图书馆生活，以及海滨的避暑，山间的避寒，公园古迹胜地等处的闲游漫步生活，或日本阿尔泊斯与富士山的攀登，两国大力士的相扑等等，要说着实还可以说说，但天热头昏，挥汗执笔，终于不能详尽，只能等到下次有机会的时候，再来写了。

一九三六年八月在福州

（选自1936年9月16日《宇宙风》第25期）

取　钱

老　舍

　　我告诉你，二哥，中国人是伟大的。就拿银行说吧，二哥，中国最小的银行也比外国的好，不冤你。你看，二哥，昨儿个我还在银行里睡了一大觉。这个我告诉你，二哥，在外国银行里就做不到。

　　那年我上外国，你不是说我随了洋鬼子吗？二哥，你真有先见之明。还是拿银行说吧，我亲眼得见，洋鬼子再学一百年也赶不上中国人。洋鬼子不够派儿。好比这么说吧，二哥，我在外国拿着张十镑钱的支票去兑现钱。一进银行的门，就是柜台，柜台上没有亮亮的黄铜栏杆，也没有大小的铜牌。二哥你看，这和油盐店有什么分别？不够派儿。再说人吧，柜台里站着好几个，都那么光梳头，净洗脸的，脸上还笑着；这多下贱！把支票交给他们谁也行，谁也是先问你早安或午安；太不够派儿了！拿过支票就那么看一眼，紧跟着就问："怎么拿？先生！"还是笑着。哪道买卖人呢？！叫"先生"还不够，必得还笑，洋鬼子脾气！我就说了，二哥："四个一镑的单张，五镑的一张，一镑零的；零的要票子和钱两样。"要按理说，二哥，十镑钱要这一套啰哩啰嗦，你讨厌不，假若二哥你是银行的伙计？你猜怎么样，二哥，洋鬼子笑得更下贱了，好像这样麻烦是应当应分。喝，登时从柜台下面抽出簿子来，刷刷的就写；写完，又一伸手，钱是钱，票子是票子，没有一眨眼的工夫，都给我数出来了；紧跟着便是："请点一点，先生！"又是一个"先生"，下贱，不懂得买卖规矩！点完了钱，我反倒愣住了，好像忘了点什么。对了，我并没忘了什么，是奇怪洋鬼子干事——况且是堂堂的大银行——为什么这样快？赶丧哪？真他妈的！

二哥，还是中国的银行，多么有派儿！我不是说昨儿个去取钱吗？早八点就去了，因为现在天儿热，银行八点就开门；抓个早儿，省得大晌午的劳动人家；咱们事事都得留个心眼，人家有个伺候得着与伺候不着不是吗？到了银行，人家真开了门，我就心里说，二哥：大热的天，说什么时候开门就什么时候开门，真叫不容易。其实人家要愣不开一天，不是谁也管不了吗？一边赞叹，我一边就往里走。喝，大电扇忽忽的吹着，人家已经都各按部位坐得稳稳当当，吸着烟卷，按着铃要茶水，太好了，活像一群皇上，太够派儿了。我一看，就不好意思过去，大热的天，不叫人家多歇会儿，未免有点不知好歹。可是我到底过去了，二哥，因为怕人家把我撵出去；人家看我像没事的，还不撵出来么？人家是银行，又不是茶馆，可以随便出入。我就过去了，极慢的把支票放在柜台上。没人搭理我，当然的。有一位看了我一眼，我很高兴；大热的天，看我一眼，不容易。二哥，我一过去就预备好了：先用左腿金鸡独立的站着，为是站乏了好换腿。左腿立了有十分钟，我很高兴我的腿确是有了劲。支持到十二分钟我不能不换腿了，于是就来个右金鸡独立。右腿也不弱，我更高兴了，嗨，爽性来个猴啃桃吧，我就头朝下，顺着柜台倒站了几分钟。翻过身来，大家还没动静，我又翻了十来个跟头，打了些旋风脚。刚站稳了，过来一位；心里说：我还没练两套拳呢；这么快？那位先生敢情是过来吐口痰，我补上了两套拳。拳练完了，我出了点汗，很痛快。又站了会儿，一边喘气，一边欣赏大家的派头——真稳！很想给他们喝个彩。八点四十分，过来一位，脸上要下雨，眉毛上满是黑云，看了我一眼。我很难过，大热的天，来给人家添麻烦。他看了支票一眼，又看了我一眼，好像断定我和支票像亲哥儿俩不像。我很想把脑门子上签个字。他连大气没出把支票拿了走，扔给我一面小铜牌。我直说："不忙，不忙！今天要不合适，我明天再来；明天立秋。"我是真怕把他气死，大热的天。他还是没理我，真够派儿，使我肃然起敬！

　　拿着铜牌，我坐在椅子上，往放钱的那边看了一下。放钱的先生——一位像屈原的中年人——刚按铃要鸡丝面。我一想：工友传达到厨房，厨子还得上街买鸡，凑巧了鸡也许还没长成个儿；即使顺当的买着鸡，面也许还没磨好。说不定，这碗鸡丝面得等三天三夜。放钱的先生当然在吃面之前决不会放钱；大热的天，腹里没食怎能办事。我觉得太对不起人了，二哥！心中一懊悔，我有点发困，靠着椅子就睡了。睡得挺好，没蚊子也没臭虫，到底是银行里！一闭眼就睡了五十多分钟；我的身体，二哥，是不错了！吃得饱，睡得着！偷偷的往放钱的先生那边一看，（不好意思正眼看，大热的天，赶劳人是不对的！）鸡丝面还没来呢。我很替他着急，肚子怪饿的，坐着多么难受。他可是真够派儿，肚子那么饿还不动声色，没法不佩服他了，二哥。

大概有十点左右吧，鸡丝面来了！"大概"，因为我不肯看壁上的钟——大热的天，表示出催促人家的意思简直不够朋友。况且我才等了两点钟，算得了什么。我偷偷的看人家吃面。他吃得可不慢。我觉得对不起人。为兑我这张支票再逼得人家噎死，不人道！二哥，咱们都是善心人哪。他吃完了面，按铃要手巾把，然后点上火纸，咕噜开小水烟袋。我这才放心，他不至于噎死了。他又吸了半点多钟水烟。这时候，二哥。等取钱的已有了六七位，我们彼此对看，眼中都带出对不起人的神气。我要是开银行，二哥，开市的那天就先枪毙俩取钱的，省得日后麻烦。大热的天，取哪门子钱？！不知好歹！

十点半，放钱的先生立起来伸了伸腰。然后捧着小水烟袋和同事低声闲谈起来。我替他抱不平，二哥，大热的天，十时半还得在行里闲谈，多么不自由！凭他的派儿，至少该上青岛避两月暑去；还在行里，还得闲谈，哼！

十一点，他回来，放下水烟袋，出去了；大概是去出恭。十一点半才回来。大热的天，二哥，人家得出半点钟的恭，多不容易！再说，十一点半，他居然拿起笔来写账，看支票。我直要过去劝告他不必着急。大热的天，为几个取钱的得点病才合不着。到了十二点，我决定回家，明天再来。我刚要走，放钱的先生喊："一号！"我真不愿过去，这个人使我失望！才等了四点钟就放钱，派儿不到家！可是，他到底没使我失望。我一过去，他没说什么，只指了一指支票的背面。原来我忘了在背后签字，他没等我拔下自来水笔来，说了句："明天再说吧。"这才是我所希望的！本来吗，人家是一点关门；我补签上字，再等四点钟，不就是下午四点了吗？大热的天，二哥，人家能到时候不关门？我收起支票来，想说几句极合适的客气话，可是他喊了"二号"；我不能再耽误人家的工夫，决定回家好好的写封道歉的信！二哥，你得开开眼去，太够派儿！

（选自《老舍幽默文集》，湖南人民出版社1982年版）

避暑

扫一扫，
♫收听有声版

老 舍

英美的小资产阶级，到夏天若不避暑，是件很丢人的事。于是，避暑差不多成为离家几天的意思，暑避了与否倒不在话下。城里的人到海边去，乡下人上城里来：城里若是热，乡下人干吗来？若是不热，城里的人为何不老老实实的在家里歇着？这就难说了。再看海边吧，各样杂耍，似赶集开庙一般，男女老幼，闹闹吵吵，比在家中还累得慌。原来暑本无须避，而面子不能不圆——；夏天总得走这么几日，要不然便受不了亲友的盘问。谁也知道，海边的小旅馆每每一间小屋睡大小五口；这只好尽在不言中。

手中更富裕的，讲究到外国来。这更少与避暑有关。巴黎夏天比伦敦热得多，而巴黎走走究竟体面不小。花几个钱，长些见识，受点热也还值得。可是咱们这儿所说的人们，在未走以前已经决定好自己的文化比别国高，而回来之后只为增高在亲友中的身份——"刚由巴黎回来；那群法国人！"

到中国做事的西人，自然更不能忘了这一套。在北戴河，有三家凑赁一所小房的，住上二天，大家的享受正如圈里的羊。自然也有很阔气的，真是去避暑；可是这样的人大概在哪里也不见得感到热，有钱呀。有钱能使鬼推磨，难道不能使鬼做冰激凌吗？这总而言之，都有点装着玩。外国人装蒜，中国人要是不学，便算不了摩登。于是自从皇上被免职以后，中国人也讲究避暑。北平的西山，青岛，和其他的地方，都和洋钱有同样的响声。还有特意到天津或上海玩玩的，也归在避暑项下；谁受罪谁知道。

暑，从哲学上讲，是不应当避的。人要把暑都避了，老天爷还要暑干吗？农人要都去避暑，粮食可还有的吃？再退一步讲，手里有钱，暑不可不避，因为它暑。这自然可以讲得通，不过为避暑而急得四脖子汗流，便大可以不必。到避暑期间而闹得人仰马翻，便根本不如在家里和谁打上一架。

所以我的避暑法便很简单——家里蹲。第一不去坐火车：为避暑而先坐廿四小时的特别热车，以便到目的地去治上吐下泻，我就不那么傻。第二不扶老携幼去玩玄：比如上山，带着四个小孩，说不定会有三个半滚了坡的。山上的空气确是清新，可是下得山来，孩子都成了瘸子，也与教育宗旨不甚相合。即使没有摔坏，反正还不吓一身汗？这身汗哪里出不了，单上山去出？第三不用搬家。你说，一家大小都去避暑，得带多少东西？即使出发的时候力求简单，到了地方可就明白过来，啊，没有给小二带乳瓶来！买去吧，哼，该买的东西多了！三叔的固元膏忘下了，此处没有卖的，而不贴则三叔就泻肚；得发快信托朋友给寄！及至东西都慢慢买全，也该回家了，住回运吧，有什么可说的！

一个人去自然简单些，可是你留神吧，你的暑气还没落下去，家里的电报到了——急速回家！赶回来吧，原来没事，只是尊夫人不放心你！本来吗，一个人在海岸上溜，尊夫人能放心吗？她又不是没看过美人鱼的照片。

大家去，独自去，都不好；最好是不去。一动不如一静，心静自然凉。况且一切应用的东西都在手底下：凉席，竹枕，蒲扇，烟卷，万应锭，小二的乳瓶……要什么伸手即得，这就是个乐子。渴了有绿豆汤，饿了有烧饼，闷了念书或作两句诗。早早的起来，晚晚的睡，到了晌午再补上一大觉；光脚没人管，赤背也不违警章，唱几口随便，喝两盅也行。有风便荫凉下坐着，没风则勤扇着，暑也可以避了。

这种避暑有两点不舒服：（一）没把钱花了；（二）怕人问你。都有办法：买点暑药送苦人，或是赈灾，即使不是有心积德，到底钱是不必非花在青岛不可的。至于怕有人问，你可以不见客，等秋来的时候，他们问你，很可以这样说："老没见，上莫干山住了三个多月。"如能把孩子们嘱咐好了，或者不至漏了底。

（选自《老舍幽默文集》，湖南人民出版社1982年版）

西洋人的中国故事

——瓮牖剩墨之三

王 力

　　西洋人对于中国的事情，无论真假，都喜欢知道。杀头，缠脚，抽大烟，讨小老婆，在西洋人看来是中国的四大特征。尽管你说这种事情早已绝迹了，他们仍旧似信不信的。捏造的话也不少。福禄特尔的《赵氏孤儿记》（即搜孤救孤），已经和中国的原本不尽相同。此外，都德在他的小说《沙弗》里，说及东方有一个地方，妻子和别人通奸，给丈夫知道了以后，就把她和一只雄猫装在一个布袋里，晒在烈日之下，于是猫抓人，人扼猫，同归于尽（手边无书，大意如此）。我们不知道都德的故事是不是暗指中国，不过，像这一类捏造的故事而又明说是出于中国者，在西洋也并非没有。现在我们举一个例子，就是查理·蓝在《爱利亚论》里面所说中国人发明烧猪的故事。依查理·蓝说，这故事是根据一个中文手抄本，由一个懂中文的朋友讲给他听的。

在开天辟地后七万年的期间内，人类只知道吃生的兽肉，像今日（蓝氏时代）阿比西尼亚的土人一样。孔夫子在《易》经里也曾暗示有过这么一个时代，他认为黄金时代，叫它做"厨放"，就是"厨子放假"的意思。后来烧猪的艺术是偶然地被发明的。有一个牧猪人，名叫火帝，他在清晨就到树林找猪的食料去了，只留他的长子波波看家。波波是一个笨孩子……当时的青年都喜欢烧火为戏，波波更可说是一个火迷。他一个不留神，让火星迸射在一束干草上，就燃烧起来，转眼间，一间茅屋已成灰烬。茅屋烧了不要紧，一两个钟头可以重建起来；可痛者是里面还有一窝新生的小豚，至少在九个之数，都给烧死了。波波正在思忖怎样来对他的父亲解释这件事的当儿，忽然觉得一阵香气扑鼻。说是茅屋被烧，发出来的香味儿吗？从前茅屋也曾被烧过，为什么不曾闻着过这种味儿呢？他想不出一个道理来，且先弯下腰去摸一摸那小猪儿，看它还活着不。手指给烫疼了，他天真地拿指头放在嘴里吹。在摸的时候，一些烧裂了的碎猪皮已经贴在指头上。于是，他有生以来第一次（其实可说是有人类以来第一次）尝着了烧猪的味道——脆的啊！他再摸摸看，不期然而然地，他又舔他的指头。这样尝了又尝，他终于恍然大悟，原来刚才闻着的是烧猪的味儿，而烧猪竟又是这样好吃的。火帝回家之后，和儿子大闹一番。波波想法子让他父亲尝着了烧猪的美味，于是父子俩正经地坐下，把这一窝乳猪吃个精光。

火帝叮嘱波波严守秘密，因为恐怕邻人知道了，说他们擅自改良上帝所赐的食物，会用乱石打死他们。但是，邻人们却注意到火帝的草房子烧了又造，造了又烧。从前没有见过这样密的火灾，最巧的是：母猪每次生了小猪，火帝的草房子一定被烧。而火帝并没有责骂过他的儿子一句。邻人们觉得奇怪，终于侦察出他们的神秘来，告到北京的法庭（当时北京还小得很呢）。火帝父子被传去审讯，那烧猪也被拿去做物凭。正在快要判决的当儿，裁判委员会的主席提议先把烧猪放进木箱里。于是他去摸了摸，其余的委员也去摸了摸，他们的手指都给烫疼了，都放在嘴里吹冷。这一吹就变了局面，委员们也不再顾那些人证物证的确凿，也用不着互相磋商，大家不约而同地宣告火帝父子无罪。这么一来，把旁听席上的人，市民们，外人，访员，都弄得莫明其妙起来。

那法官是一个狡猾的人，等到退庭之后，就秘密地去买许许多多的猪。几天之后，大家听说他的采邑的房子被火烧了。这一件事传播开来，四面八方的民房也都遭了火灾。在这一带地方，柴草和猪都大涨其价。保险公司一个个都关了门。人们造房子，越来越马虎，大家都怕建筑之学不久就会失传了。幸亏有一个圣人出来（像咱们的陆克），他才发明：烧猪或烤别的肉类都犯不着烧去一座房子，只须用铁叉叉着烧烤就行。

故事的本身是很美的。妙处不在于波波误烧茅屋，而在于法官和民众们都相信必须烧去房子，然后吃得着烧猪。但是我对于它的真实性非常怀疑。蓝氏跟着也说事情未必可信，但是我比他更进一步，我根本不相信它是一个中国故事。咱们现在虽然努力欧化，但咱们的远祖却未必这样时髦。燧人氏的时代，中国未必有法庭，更不会有访员。政治中心也不会在北平。乱石杀人只是西洋历史上的事，中国太古时代杀人也许有别的花样。保险公司非但中国古代没有，现在也还不曾深入民间呢。这些都可说是蓝氏随笔写来，失于检点而已。但是，我实在太浅陋了，在中国书中不曾看见过这样的一个故事。即使是一种手抄本，也该像中国人的话，何至于一个牧猪人称为火帝，把一个太古时代称为"厨放"呢？这也许是我译错了字。但是，波波毕竟不像中国的古人名。中国上古的人名有双声，有叠韵，却是没有叠字的。

这个故事之出于虚构，似是毫无疑义的了。蓝氏也许像美国人，喜欢把广东人看做中国人的典型；广东人有烧乳猪的事实，因此渲染成为一个故事。我常常这样想：西洋人可以虚构中国的故事，中国人何尝不可以虚构西洋的故事呢？《镜花缘》就几乎走上这一条路，可惜它不曾说"君子国"之类就在今日的欧洲，也不曾说是据一个西文手抄本，由一个懂西文的朋友讲给他听的。

一九四二年《星期评论》

（选自《龙虫并雕斋琐语》，中国社会科学出版社1982年版）

西 餐

——棕榈轩詹言之十一

王 力

　　"中学为体，西学为用，"这两句话至少可以再适用五十年。单就我
们的西餐来说，也不愧为中国本位文化的西餐。

　　刀叉是西式的，盘子是西式的，菜的顺序是西式的，甚至菜单也用
了西文，有哪一点儿不像西餐呢？若说穿长衫的人不配吃西餐，那人不
像西人并不是餐不像西餐。人不像西人是没方法改造的；即使都穿上了
西服，仍旧装不上罗马式的鼻子和碧蓝的眼睛。餐不像西餐却应该是有
法子改正的，正像飞机大炮一般，全盘接受过来就是了。那么，为什么
弄到不像呢？这因为多数人以为已经十分像了，想不到还有需要改正的
地方；少数人虽知道不像，也不敢提倡改正。因为改正就不合国情，就

不是中国本位文化了啊！

中国本位文化的西餐之所以不像西餐，首先就是菜味儿不像。本来，中国文化也提倡吃新鲜的东西，所以孔夫子是"鱼馁而肉败不食。"但是，因为中国人吃苦吃了几千年，连臭东西也学惯了吃了。记得在北平的时候，一位朋友请吃西餐，每客大洋八毛。吃了杂样小吃之后，鱼上来了。我觉得那鱼有几分"馁"味，于是遵照圣道，"不食"。起初希望有人向餐馆提出抗议，然而我冷眼观察二十几位客人当中，不食者仅二人，连我包括在内。少数服从多数，说话就变了疯子。从前听说舌的感觉特别能辨别腐臭的人一定短寿，更不敢说什么了。

真正西餐里的臭东西，我们的西餐馆里倒反没有。那就是乳酪。中国的西餐席上，菜吃完了就来点心咖啡和水果，很少看见来"奇士"。西人面条里加"奇士"；我们的西餐馆里如果这样办，包管你明天没有顾客上门，门可罗雀！

真正的西餐里，猪鸡鸭鸽之类是熟的；至于牛羊之类，除了红烧之外，多数是半生不熟。英国的"北夫司提克"，法国的"莎多不利阳"都是黑表红里。顾客们还常常吩咐要吃"带血的"。我们起初不敢吃，后来勉强吃，后来渐渐爱吃，末了，居然也向侍者要起"带血的"来了。茹毛饮血是野蛮；不茹毛而饮血是半野蛮。二千年前，西人还不懂得烹饪；而我们中国早就列鼎而食。这一点，我们自然不该学人家。对啊，对啊！……然而这样一来，却又不像西餐了。

"西点"和面包也是西餐里的东西。西点的主要成分是奶油。在战前，已经有许多西点店为了减轻成本，不肯用奶油。譬如在北平，讲究吃西点的，只能向法国面包房去买。在抗战了八年的今日，所谓西点，干瘪瘪的，连中国点心的油量都赶不上，还能希望有奶油吗？至于面包，本来做法就赶不上人家，还在西点店里摆了三五天，像粉了，才吃！洋派头是有了，洋味儿在哪里呢？

在中国，很难有机会吃到一顿名符其实的西餐。七七事变后，逃难经过青岛，那里的西餐才算是西餐，每客一元二毛。连吃了三顿。假使不是赶火车到济南，还要吃第四顿。但是，那种西餐馆搬到内地来一定不受欢迎，因为缺乏中国本位文化的缘故。

虽然没有人说不穿西服的人不配吃西餐，却偶然听见有人说不懂"西席"的规矩的人不配吃西餐。这也叫我们的"名士派"的同胞们听了不服气。假使有人喜欢在"西席"上豁拳，似乎也无伤大雅，何况稍微有些刀叉的声音？至于西俗不许用刀切鱼，也许是一种迷信，更可以不去管它。不过，如果把切鱼的人数和不切鱼的人数相比较，也许可以证明中国本位文化的人确比全盘西化的人多了许多。这是很好的现象。……然而这样一来，却又不像吃西餐了。

中国人何必吃西餐？这和中国人何必穿西服，何必称"密司"，何必说"厄死球是迷"，何必喊"哈啰"，一样地难以答复。但是，其中有一个经济上的原因，就是西餐请客可以省钱，西餐无论怎样贵，总赶不上燕翅参鲍的酒席。而我们若替洋派找口实，却应该说比燕翅参鲍的酒席更为神气，更为时髦。况且西餐有一客算一客，不像中餐那样。假使被请的客人有三五个不到，西餐可省下三五客的消费，中餐却没有这样便利。这个秘密公开了，不必替西餐馆子登义务广告。但是，凡是希望有口福的人，仍旧应该赞成中国人吃中餐。

一九四四年九月廿四日昆明《中央日报》增刊

（选自《龙虫并雕斋琐语》，中国社会科学出版社1982年版）

英国人

老　舍

　　据我看，一个人即使承认英国人民有许多好处，大概也不会因为这个而乐意和他们交朋友。自然，一个有金钱与地位的人，走到哪里也会受欢迎；不过，在英国也比在别国多些限制。比如以地位说吧，假如一个作讲师或助教的，要是到了德国或法国，一定会有些人称呼他"教授"。不管是出于诚心吧，还是捧场；反正这是承认教师有相当的地位，是很显然的。在英国，除非他真正是位教授，绝不会有人来招呼他。而且，这位教授假若不是牛津或剑桥的，也就还差点劲儿。贵族也是如此，似乎只有英国国产贵族才能算数儿。

　　至于一个平常人，尽管在伦敦或其他的地方住上十年八载，也未必能交上一个朋友。是的，我们必须先交代明白，在资本主义的社会里，大家一天到晚为生活而奔忙，实在找不出闲工夫去交朋友；欧西各国都是如此，英国并非例外。不过，即使我们承认这个，可是英国人还有些特别的地方，使他们更难接近。一个法国人见着个生人，能够非常的亲热，越是因为这个生人的法国话讲得不好，他才越愿指导他。英国人呢，他以为天下没有会讲英语的，除了他们自己，他干脆不愿答理一个生人。一个英国人想不到一个生人可以不明白英国的规矩，而是一见到生人说话行动有不对的地方，马上认为这个人是野蛮，不屑于再招呼他。英国的规矩又偏偏是那么多！他不能想象到别人可以没有这些规矩，而另有一套；不，英国的是一切；设若别处没有那么多的雾，那根本不能算作真正的天气！

除了规矩而外，英国人还有好多不许说的事：家中的事，个人的职业与收入，通通不许说，除非彼此是极亲近的人。一个住在英国的客人，第一要学会那套规矩，第二要别乱打听事儿，第三别谈政治，那么，大家只好谈天气了，而天气又是那么不得人心。自然，英国人很有的说，假若他愿意：他可以讲论赛马、足球、养狗、高尔夫球等等；可是咱又许不大晓得这些事儿。结果呢，只好对楞着。对了，还有宗教呢，这也最好不谈。每个英国人有他自己开阔的到天堂之路，乘早儿不用惹麻烦。连书籍最好也不谈，一般的说，英国人的读书能力与兴趣远不及法国人。能念几本书的差不多就得属于中等阶级，自然我们所愿与谈论书籍的至少是这路人。这路人比谁的成见都大，那么与他们闲话书籍也是自找无趣的事。多数的中等人拿读书——自然是指小说了——当作一种自己生活理想的佐证。一个普通的少女，长得有个模样，嫁了个驶汽车的；在结婚之夕才证实了，他原来是个贵族，而且承袭了楼上有鬼的旧宫，专是壁上的挂图就值多少百万！读惯这种书的，当然很难想到别的事儿，与他们谈论书籍和捣乱大概没有甚么分别。中上的人自然有些识见了，可是很难遇到啊。况且有些识见的英国人，根本在英国就不大被人看得起；他们连拜伦、雪莱，和王尔德还都逐出国外去，我们想跟这样人交朋友——即使有机会——无疑的也会被看作成怪物的。

我真想不出，彼此不能交谈，怎能成为朋友。自然，也许有人说：不常交谈，那么遇到有事需要彼此的帮忙，便丁对丁，卯对卯的去办好了；彼此有了这样干脆了当的交涉与接触，也能成为朋友，不是吗？是的，求人帮助是必不可免的事，就是在英国也是如是；不过英国人的脾气还是以能不求人为最好。他们的脾气即是这样，他们不求你，你也就不好意思求他了。多数的英国人愿当鲁滨孙，万事不求人。于是他们对别人也就不愿多伸手管事。况且，他们即使愿意帮忙你，他们是那样的沉默简单，事情是给你办了，可是交情仍然谈不到。当一个英国人答应了你办一件事，他必定给你办到。可是，跟他上火车一样，非到车已要开了，他不露面。你别去催他，他有他的稳当劲儿。等办完了事，他还是不理你，直等到你去谢谢他，他才微笑一笑。到底还是交不上朋友，无论你怎样上前巴结。

假若你一个劲儿奉承他或讨他的好，他也许告诉你："请少来吧，我忙！"这自然不是说，英国就没有一个和气的人。不，绝不是。一个和气的英国人可以说是最有礼貌、最有心路、最体面的人。不过，他的好处只能使你钦佩他，他有好些地方使人不便和他套交情。他的礼貌与体面是一种武器，使人不敢离他太近了。就是顶和气的英国人，也比别人端庄的多；他不喜欢法国式的亲热——你可以看见两个法国男人互吻，可是很少见一个英国人把手放在另一个英国人的肩上，或搂着脖儿。两个很要好的女友在一块儿吃饭，设若有一个因为点儿原故而想把自己的菜让给友人一点，你必会听到那个女友说："这不是羞辱我吗？"男人就根本不办这样的傻事。是呀，男人对于让酒让烟是极普遍的事，可是只限于烟酒，他们不会肥马轻裘与友共之。

这样讲，好像英国人太别扭了。别扭，不错；可是他们也有好处。你可以永远不与他们交朋友，但你不能不佩服他们。事情都是两面的。英国人不愿轻易替别人出力，他可也不来讨厌你呀。他的确非常高傲，可是你要是也沉住了气，他便要佩服你。一般的说，英国人很正直。他们并不因为自傲而蛮不讲理。对于一个英国人，你要先估量估量他的身分，再看看你自己的价值，他要是像块石头，你顶好像块大理石；硬碰硬，而你比他更硬。他会承认他的弱点。他能够很体谅人，很大方，但是他不愿露出来；你对他也顶好这样。设若你准知道他要向灯，你就顶好也先向灯，他自然会向火；他喜欢表示自己有独立的意见。他的意见可老是意见，假若你说得有理，到办事的时候他会牺牲自己的意见，而应怎么办就怎么办。你必须知道，他的态度虽是那么沉默孤高，像有心事的老驴似的，可是他心中很能幽默一气。他不轻易向人表示亲热，可也不轻易生气，到他说不过你的时候，他会以一笑了之。这点幽默劲儿使英国人几乎成为可爱的了。他没火气，他不吹牛，虽然他很自傲自尊。

所以，假若英国人成不了你的朋友，他们可是很好相处。他们该办什么就办什么，不必你去套交情；他们不因私交而改变作事该有的态度。他们的自傲使他们对人冷淡，可是也使他们自重。他们的正直使他们对人不客气，可也使他们对事认真。你不能拿他当作吃喝不分的朋友，可是一定能拿他当个很好的公民或办事人。就是他的幽默也不低级讨厌，幽默助成他作个贞脱儿曼，不是弄鬼脸逗笑。他并不老实，可是他大方。

他们不爱着急，所以也不好讲理想。胖子不是一口吃起来的，乌托邦也不是一步就走到的。往坏了说，他们只顾眼前；往好里说，他们不乌烟瘴气。他们不爱听世界大同、四海兄弟，或那顶大顶大的计划。他们愿一步一步慢慢的走，走到哪里算哪里。成功呢，好；失败呢，再干。英国兵不怕打败仗。英国的一切都好像是在那儿敷衍呢，可是他们在各种事业上并不是不求进步。这种骑马找马的办法常常使人以为他们是狡猾，或守旧；狡猾容或有之，守旧也是真的，可是英国人不在乎，他有他的主意。他深信常识是最可宝贵的，慢慢走着瞧吧。萧伯纳可以把他们骂得狗血喷头，可是他们会说："他是爱尔兰的呀！"他们会随着萧伯纳笑他们自己，但他们到底是他们——萧伯纳连一点办法也没有！

　　这些，可只是个简单的，大概的，一点由观察得来的印象。一般的说，也许大致不错；应用到某一种或某一个英国人身上，必定有许多欠妥当的地方。概括的论断总是免不了危险的。

（选自《西风》1936年9月第1期）

中国文化之精神

林语堂

（一九三二年春在牛津大学和平会演讲稿）

此篇原为对英人演讲，类多恭维东方文明之语。兹译成中文发表，保身之道既莫善于此，博国人之欢心，又当以此为上策，然一执笔，又有无限感想，油然而生。（一）东方文明，余素抨击最烈，至今仍主张非根本改革国民懦弱萎顿之根性，优柔寡断之风度，敷衍逶迤之哲学，而易以西方励进奋图之精神不可。然一到国外，不期然引起心理作用，昔之抨击者一变而为宣传，宛然以我国之荣辱为个人之荣辱，处处愿为此东亚病夫作辩护，几沦为通常外交随员，事后思之，不觉一笑。（二）东方文明，东方艺术，东方哲学，本有极优异之点，故欧洲学者，竟有对中国文化引起浪漫的崇拜，而于中国美术尤甚。普通学者，于玩摩中国书画古玩之余，对于画中人物爱好之诚，或与欧西学者之思恋古代希腊文明同等。余在伦敦参观 Eumorphopulus 私人收藏中国磁器，见一座定窑观音，亦神为之荡。中国之观音与西洋之玛妲娜（圣母），同为一种宗教艺术之中心对象，同为一民族艺术想像力之结晶，然平心而论，观音姿势之妍丽，褶文之飘逸，态度之安详，神情之娴雅，色泽之可爱，私人认为在西洋最名贵玛妲娜之上。吾知吾生为欧人，对中国画中人物，亦必发生思恋。然一返国，则又起异样感触，始知东方美人，固一麻子也，远视固体态苗条，近睹则百孔千疮，此又一回国感想也。（三）中国今日政治经济工业学术，无一不落人后，而举国正如醉如痴，连年战乱，不恤民艰，强邻外侮之际，且不能释然私怨，岂非亡国之征？正因一般民众与官僚，缺乏彻底改过革命之决心，党国要人，或者正开口浮屠，闭口孔孟，思想不清之国粹家，又从而附和之，正如富家之纨袴子弟，不思所以发辉光大祖宗企业，徒日数家珍以夸人。吾于此时，复作颂扬东方文明之语，岂非对读者下麻醉剂，为亡国者助声势乎？中国国民，固有优处，弱点亦多。若和平忍耐诸美德，本为东方精神所寄托，然今日环境不同，试问和平忍耐，足以救国乎，抑适足以为亡国之祸根乎？国人若不深省，中夜思过，换和平为抵抗，易忍耐为奋斗，而坐听国粹家之催眠，终必昏聩不省，寿终正寝。愿读者就中国文化之弱点着想，毋徒以东方文明之继述者自负，中国始可有为。

我在未开讲之先，要先声明本演讲之目的，并非自命为东方文明之教士，希望使牛津学者变为中国文化之信徒。惟有西方教士才有这种胆量，这种雄心。胆量与雄心，固非中国人之特长。必欲执一己之道，使异族同化，于情理上，殊欠通达，依中国观点而论，情理欠通达，即系未受教育。所以鄙人此讲依旧是中国人冷淡的风光本色，绝对没有教士的热诚，既没有野心救诸位的魂灵，也没有战舰大炮将诸位击到天堂去。诸位听完此篇所讲中国文化之精神后，就能明了此冷淡与缺乏热诚之原因。

　　我认为我们还有更高尚的目的，就是以研究态度，明了中国人心理及传统文化之精要。卡来尔氏有名言说："凡伟大之艺术品，初见时必觉令人不十分舒适。"依卡氏的标准而论，则中国之"伟大"固无疑义。我们所讲某人伟大，即等于说我们对于某人根本不能明了，宛如黑人听教士讲道，越不懂，越赞叹教士之鸿博。中国文化，盲从颂赞者有之，一味诋毁者有之，事实上却大家看他如一闷葫芦，莫名其妙。因为中国文化数千年之发展，几与西方完全隔绝，无论小大精粗，多与西方背道而驰。所以西人之视中国如哑谜，并不足奇。但是私见以为必欲不懂始称为伟大，则与其使中国被称为伟大，莫如使中国得外方之谅察。

　　我认为，如果我们了解中国文化之精神，中国并不难懂。一方面，我们不能发觉支那崇拜者梦中所见的美满境地，一方面也不至于发觉，如上海洋商所相信中国民族只是土匪流氓，对于他们运输入口的西方文化与沙丁鱼之功德，不知感激涕零。此两种论调，都是起因于没有清楚的认识。实际上，我们要发觉中国民族为最近人情之民族，中国哲学为最近人情之哲学，中国人民，固有他的伟大，也有他的弱点，丝毫没有邈远玄虚难懂之处。中国民族之特征，在于执中，不在于偏倚，在于近人之常情，不在于玄虚理想。中国民族，颇似女性，脚踏实地，善谋自存，好讲情理，而恶极端理论，凡事只凭天机本能，糊涂了事。凡此种种，颇与英国民性相同。锡索罗曾说，理论一贯者乃小人之美德，中英民族都是伟大，理论一贯与否，与之无涉。所以理论一贯之民族早已灭亡，中国却能糊涂过了四千年的历史。英国民族果能保存其著名"糊涂渡过难关"（"somehow muddle throngh"）之本领，将来自亦有四千年光耀历史无疑。中英民性之根本相同，容后再讲。此刻所要指明者，只是说中国文化，本是以人情为前题的文化，并没有难懂之处。

倘使我们一检查中国民族，可发见以下优劣之点。在劣的方面，我们可以举出，政治之贪污，社会纪律之缺乏，科学工业之落后，思想与生活方面留存极幼稚野蛮的痕迹，缺乏团体组织团体治事的本领，好敷衍不彻底之根性等。在优的方面，我们可以举出历史的悠久继长，文化的一统，美术的发达（尤其是诗词，书画，建筑，磁器，）种族上生机之强壮，耐劳，幽默，聪明，对文士之尊敬，热烈的爱好山水及一切自然景物，家庭上之亲谊，及对人生目的比较确切的认识。在中立的方面，我们可以举出守旧性，容忍性，和平主义及实际主义。此四者本来都是健康的征点，但是守旧易致于落伍，容忍则易于妥洽，和平主义或者是起源于体魄上的懒于奋斗，实际主义则凡事缺乏理想，缺乏热诚。统观上述，可见中国民族特征的性格大多属于阴的，静的，消极的，适宜一种和平坚忍的文化，而不适宜于进取外展的文化。此种民性，可以"老成温厚"四字包括起来。

在这些丛杂的民性及文化特征之下，我们将何以发见此文化之精神，可以贯穿一切，助我们了解此民性之来源及文化精英所寄托？我想最简便的解释在于中国的人文主义，因为中国文化的精神，就是此人文主义的精神。

"人文主义"（Humanism）含义不少，讲解不一。但是中国的人文主义（鄙人先立此新名词）却有很明确的含义。第一要素，就是对于人生目的与真义有公正的认识。第二，吾人的行为要纯然以此目的为指归。第三，达此目的之方法，在于明理，即所谓事理通达，心气和平（spirit of human reasonableness）即儒家中庸之道，又可称为"庸见的崇拜"（religion of commonsense）。

中国的人文主义者，自信对于人生真义问题已得解决。自中国人的眼光看来，人生的真义，不在于死后来世，因为基督教所谓此生所以待毙，中国人不能了解，也不在于涅槃，因为这太玄虚；也不在于建树勋业，因为这太浮泛；也不在于"为进步而进步"，因为这是毫无意义的。所以人生真义这个问题，久为西洋哲学宗教家的悬案，中国人以只求实际的头脑，却解决的十分明畅。其答案就是在于享受淳朴生活，尤其是家庭生活的快乐，（如父母俱存兄弟无故等）及在于五伦的和睦。暮从碧山下，山月随人归，或是云淡风轻近午天，傍花随柳过前川，这样淡朴的快乐，自中国人看来，不仅是代表含有诗意之片刻心境，乃为人生追求幸福的目标。得达此境，一切泰然。这种人生理想并非如何高尚（参照罗斯福氏所谓"殚精竭力的一生"，）也不能满足哲学家玄虚的追求，但是却来得十分实在。愚见这是一种异常简单的理想，因其异常简单，所以非中国人的实事求是的头脑想不出来，而且有时使我们惊诧，这样简单的答案，西洋人何以想不出来。鄙见中国与欧洲之不同，即欧人多发明可享乐之事物，却较少有消受享乐的能力，而中国人在单纯的环境中，较有消受享乐之能力与决心。

此为中国文化之一大秘诀。因为中国人能明知足常乐的道理，又有今朝有酒今朝醉，处处想偷闲行乐的决心，所以中国人生活求安而不求进，既得目前可行之乐，即不复追求似有似无疑实疑虚之功名事业。所以中国的文化主静，与西人勇往直前跃跃欲试之精神大相径庭。主静者，其流弊在于颓丧潦倒。然兢兢业业熙熙攘攘者，其病在于常患失眠。人生究竟几多日，何事果值得失眠乎？诗人所谓共谁争岁月，赢得鬓边髯。伍廷芳使美时，有美人对伍氏叙述某条铁道造成时，由费城到纽约可省下一分钟，言下甚为得意，伍氏淡然问他，"但是此一分钟省下来时，作何用处？"美人瞠目不能答复。伍氏答语最能表示中国人文主义之论点。因为人文主义处处要问明"你的目的何在？何所为而然？"这样的发问，常会发人深省的。譬如英人每讲户外运动以求身体舒适（keeping fit），英国有名的滑稽周报 Punch 却要发问"舒适做什么用？"（fit for what?）（原双关语意为"配做什么用？"）依我所知这个问题到此刻还没回答，且要得到完满的回答，也要有待时日。厌世家曾经问过，假使我们都知道所干的事是为什么，世上还有人肯去干事吗？譬如我们好讲妇女解放自由，而从未一问，自由去做甚？中国的老先生坐在炉旁大椅上要不敬的回答，自由去婚嫁。这种人文主义冷静的态度，每易煞人风景，减少女权运动者之热诚。同样的，我们每每提倡普及教育，平民识字，而未曾疑问，所谓教育普及者，是否要替《逐日邮报》及 Beaverbrook 的报纸多制造几个读者？自然这种冷静的态度，易趋于守旧，但是中西文化精神不同之情形，确是如此。

其次，所谓人文主义者，原可与宗教相对而言。人文主义既认定人生目的在于今世的安福，则对于一切不相干问题一概毅然置之不理。宗教之信条也，玄学的推敲也，都摒弃不谈，因为视为不足谈。故中国哲学始终限于行为的伦理问题，鬼神之事，若有若无，简直不值得研究，形而上学的哑谜，更是不屑过问。孔子早有未知生焉知死之名言，诚以生之未能，遑论及死。我此次居留纽约，曾有牛津毕业之一位教师质问我，谓最近天文学说推测，经过几百万年之后太阳渐灭，地球上生物必歼灭无遗，如此岂非使我们益发感到魂灵不朽之重要；我告诉他，老实说我个人一点也不着急。如果地球能再存在五十万年，我个人已经十分满足。人类生活若能再生存五十万年，已经尽够我们享用，其余都是形而上学无谓的烦恼。况且一人的灵魂可以生存五十万年，尚且不肯干休，未免夜郎自大。所以牛津毕业生之焦虑，实足代表日耳曼族心性，犹如个人之置五十万年外事物于不顾，亦足代表中国人的心性。所以我们可以断言，中国人不会做好的基督徒，要做基督徒便应入教友派（Quakers），因为教友派的道理，纯以身体力行为出发点，一切教条虚文，尽行废除，如废洗礼，废教士制等。佛教之渐行中国，结果最大的影响，还是宋儒修身的理学。

人文主义的发端，在于明理，所谓明理，非仅指理智理论之理，乃情理之理，以情与理相调和。情理二字与理论不同，情理是容忍的，执中的，凭常识的，论实际的，与英文 commonsense 含义与作用极近。理论是求彻底的，趋极端的，凭专家学识的，尚理想的。讲情理者，其归结就是中庸之道。此庸字虽解为"不易"，实即与 commonsense 之 common 原义相同。中庸之道，实即庸人之道，学者专家所失，庸人每得之。执理论者必趋一端，而离实际，庸人则不然，凭直觉以断事之是非。事理本是连续的，整个的，一经逻辑家之分析，乃成断片的，分甲乙丙丁等方面，而事理之是非已失其固有之面目。惟庸人综观一切而下以评判，虽不中，已去实际不远。

中庸之道既以明理为发端，所以绝对没有玄学色彩，不像西洋基督教把整个道学以的一段神话为基础。（按《创世纪》第一章记始祖亚当吃苹果犯罪，以致人类于万劫不复，故有耶稣钉十字架赎罪之必要。假使亚当当日不吃苹果，人类即不堕落，人类无罪，赎之谓何，耶稣降世，可一切推翻，是全耶教教义基础，系于一粒苹果之有无。保罗神学之论理基础如此，不亦危乎？）人文主义的理想在于养成通达事理之士人。凡事以近情近理为目的，故贵中和而恶偏倚，恶执一，恶狂狷，恶极端理论。罗素曾言："中国人于美术上力求细腻，于生活上，力求近情""In art they aim at being exquisite, and in life at being reasonable."（见《论东西文明之比较》一文。）在英文，所谓 do be reasonable 即等于"毋苟求""毋追人太甚"。对人说："你也得近情些"，即说"勿为已甚"。所以近情，即承认人之常情，每多弱点，推己及人，则凡事宽恕，容忍，而易趋于妥治。妥治就是中庸。尧训舜"允执其中"，孟子曰"汤执中"，《礼记》曰"执其两端，用其中于民"，用白话解释就是这边听听，那边听听，结果打个对折，如此则一切一贯的理论都谈不到。譬如父亲要送儿子入大学，不知牛津好，还是剑桥好，结果送他到伯明罕。所以儿子由伦敦出发，车过不烈出来，不肯东转剑桥，也不肯西转牛津，便只好一直向北坐到伯明罕。那条伯明罕的路，便是中庸之大道。虽然讲学不如牛津与剑桥，却可免伤牛津剑桥的双方好感。明这条中庸主义的作用，就可以明中国历年来政治及一切改革的历史。季文子三思而后行，孔子评以再斯可矣，也正是这个中和的意思，再三思维，便要想入非非。可见中国人，连用脑都不肯过度。故如西洋作家，每喜立一说，而以此一说解释一切事实。例如亨利第八之娶西班牙加特琳公主，Froude 说全出于政治作用，Bishop Creighton 偏说全出于色欲的动机，实则依庸人评判，打个对折，两种动机都有，大概较符实际。

又如犯人行凶，西方学者，唱遗传论者，则谓都是先天不是；唱环境论者，又谓一切都是后天不是，在我们庸人的眼光，打个对折，岂非简简单单先天后天责任要各负一半？中国学者则少有此种极端的论调。如 Picasso 拿 Cezanne 一句本来有理的话，说一切物体都是三角形，圆锥形，立方体所并成，而把这句话推至极端，创造立方面一派，在中国人是万不会有的。因为这样推类至尽，便是欠中庸，便是欠庸见（commonsense）。

　　因为中国人主张中庸，所以恶趋极端，因为恶趋极端，所以不信一切机械式的法律制度。凡是制度，都是机械的，不徇私的，不讲情的，一徇私讲情，则不成其为制度。但是这种铁面无私的制度与中国人的脾气，最不相合。所以历史上，法治在中国是失败的。法治学说，中国古已有之，但是总得不到民众的欢迎。商鞅变法，蓄怨寡恩，而卒车裂身殉。秦始皇用李斯学说，造出一种严明的法治，得行于羌夷势力的秦国，军事政制，纪纲整饬，秦以富强，但是到了秦强而有天下，要把这法治制度行于中国百姓，便于二三十年中全盘失败。万里长城，非始皇的法令筑不起来，但是长城虽筑起来，却已种下他亡国的祸苗了。这些都是中国人恶法治，法治在中国失败的明证，因为绳法不能徇情，徇情则无以立法。所以儒家唱尚贤之道，而易以人治，人治则情理并用，恩法兼施，有经有权，凡事可以"通融"，"接洽"，"讨情"，"敷衍"，虽然远不及西洋的法治制度，但是因为这种人治，适宜于好放任自由个人主义的中国民族，而合于中国人文主义的理论，所以二千年一直沿用下来，至于今日，这种通融，接洽，讨情，敷衍，还是实行法治的最大障碍。

但是这种人文主义虽然使中国不能演出西方式的法治制度，在另一方面却产出一种比较和平容忍的文化，在这种文化之下，个性发展比较自由，而西方文化的硬性发展与武力侵略，比较受中和的道理所抑制。这种文化是和平的，因为理性的发达与好勇斗狠是不相容的。好讲理的人，即不好诉之武力，凡事趋于妥洽，其弊在怯。中国人互相纷争时，每以"不讲理"责对方，盖默认凡受教育之人都应讲理。虽然有时请讲理者是为拳头小之故。英国公学，学生就有决斗的习惯，胜者得意，负者以后只好谦让一点，俨然承认强权即公理，此中国人所最难了解者。即决斗之后，中外亦有不同，西人总是来的干脆，行其素来彻底主义，中国人却不然，因为理性过于发达，打败的军人，不但不枭首示众，反由胜者由国帑中支出十万圆买头等舱位将败者放洋游历，并给以相当名目，不是调查卫生，便是考察教育，此为欧西各国所必无的事。其所以如此者，正因理性发达之军人深知天道好还，世事沧桑，胜者欲留为后日合作的地步，败者亦自忍辱负重，预做游历归来亲善携手的打算，若此的事理通达，若此的心气和平，固世界绝无而仅有也。所以少知书识字的中国人，认为凡锋芒太露，或对敌方"不留余地"者为欠涵养，谓之不祥。所以《凡尔赛条约》，依中国士人的眼光看来便是欠涵养。法人今日之所以坐卧不安时作恶梦者，正因定《凡尔赛条约》时没有中国人的明理之故。

但是我也须指出，中国人的讲理性，与希腊人之"温和明达""sweetness and light"及西方任何民性不同。中国人之理性，并没有那么神化，只是庸见之崇拜（religion of commonsense）而已。自然曾参之中庸与亚里斯多德之中庸，立旨大同小异。但是希腊的思想风格与西欧的思想风格极相类似，而中国的思想却与希腊的思想大不相同。希腊人的思想是逻辑的，分析的，中国人的思想是直觉的，组合的。庸见之崇拜，与逻辑理论极不相容，其直觉思想，颇与玄性近似。直觉向来称为女人的专利，是否因为女性短于理论，不得而知。女性直觉是否可靠，也是疑问，不然何以还有多数老年的从前贵妇还在曼梯卡罗赌场上摸摸袋里一二法郎，碰碰造化？但是中国人思想与女性，尚有其他相同之点。女人善谋自存，中国人亦然。女人实际主义，中国人亦然。女人有论人不论事的逻辑，中国人亦然。比方有一位虫鱼学教授，由女人介绍起来，不是虫鱼学教授，却是从前我在纽约时死在印度的哈利逊上校的外甥。同样的中国的推事头脑中的法律，并不是一种抽象的法制，而是行之于某黄上校或某郭军长的未决的疑问。所以遇见法律不幸与黄上校冲突时总是法律吃亏。女人见法律与她的夫婿冲突时，也是多半叫法律吃亏。

在欧洲各国中，我认为英国与中国民性最近，如相信庸见，讲求实际等。但是英国人比中国人相信系统制度，兼且在制度上有特著的成绩，如英国银行制度，保险制度，邮务制度，甚至香槟跑马的制度。若爱尔兰的大香槟，连叫中国人去检勘票号（count the courterfoils）就是奖金都送给他，也检不出来。至于政治社会上，英国人向来的确是以超逸逻辑，凭恃庸见，只求实际著名。相传英人能在空中踏一条虹，安然度过。譬如剜肉医疮式补缀集成的英人杰作——英国的宪法——谁也不敢不佩服的，谁都承认他只是捉襟见肘关前不顾后的补缀工作，但是实际上，他能保障英人的生命自由，并且使英人享受比法国美国较实在的民治。我们既在此地，我也可以顺便提醒诸位，牛津大学是一种不近情理的凑集组合历史演变下来的东西，但是同时我们不能不承认他是世界最完善最理想的学府之一。但是在此地，我们已经看出中英民性的不同，因为必有相当的制度组织，这种的伟大创设才能在几百年中继续演化出来。中国人却缺乏这种对制度组织的相信。我深信中国人若能从英人学点制度的信仰与组织的能力，而英人若从华人学点及时行乐的决心与赏玩山水的雅趣，两方都可获益不浅。

第一卷第一号《申报月刊》

（选自《大荒集》，生活书店1934年版）

中国人与英国人（节选）

扫一扫，
♫ 收听有声版

储安平

一

著者近撰《英国采风录》一书，业由商务出版。该书所叙述者为该书著者所知之英国，而该书之著者则为中国之公民。以一个中国人叙述英国事，当他行文之际，他之常常不能自已地将他所属的国家和他所叙述的国家作种种比较，亦为人情之常。但这种比较也仅是片断而非全盘的，全盘而有系统的比较固有待于专书，而此非他目前学力之所能逮。

然而纵然是片断的感触，也究不能不有感触的中心。著者常思及两项问题：第一、中英两国人民的性格，他们做人做事的精神，究竟有无相同相似之处？第二、多年以来，英国为一强国而中国为一弱国，一强一弱的道理究竟何在？就后者论，一国强弱的原因诚非一端，但英国的政治社会究为英国人的政治社会，而中国的政治社会又为中国人的政治社会，一个国家的兴衰隆替，究不能说和这一国人民的性格习气一无关系；故后一个问题的答案仍可于前一个问题中得之，而著者之感触因之亦得纳为一点，即中英两国人民的性格及社会的风气究竟有无异同，其间得失又为如何？

二

著者初初感觉中英两国的民性及社会民气，几乎无一相似。但若稍加思索，这个答案显然有欠谨慎。当我们说到英国人时，我们便会想到那为世人盛称的"英吉利典型"——那些英吉利典型的人民。但当我们论及中国人，论述他们的性格、生活及事业时，我们便不得不先辨别我们所论述的中国人究竟是那一类中国人。现代的中国人实已失去了他们共有的同一的民族典型。在今日的中国人与中国人之间，至少可以大别为两类，一为农民，一为知识分子。这两类中国人在性格上实大相径庭。

英人性格中最主要的一点是务实重行。英人不重视抽象的理论，很少幻想，不尚辞令及一切浮面的虚文。政治家策划国家大事，曾不稍涉遐思，他们密切注视现实。他们发言率皆明浅朴实，而其决策和意见总是切合实际，力避好高骛远。他们及一般官吏，总是集中精力于其职分内的工作，很少参加无关的公共集会，很少发表大而无当的演说。社会上华而不实的会议本就不多，会议而动辄发表冗长的宣言者，尤不多见。

政府官员就职或新成立一个机关，不一定有隆重的仪式；人民对于一个官吏或一个机关的期望是他实际的工作而非他动人的辞令或辉煌的典礼。政府各部门总是尽量的在沉默中埋头工作，而其工作亦能都按照步骤实事求是。在一般社会及人民的日常生活中，英人也都实实在在。英人治学大都严谨而刻实，他们对于美国人爱编教科书的态度，总不敢苟同。英人经营事业大都脚踏实地，不夸大，不游移，不侥幸，并十分注意工作的效率。他们对于一件事业，孜孜不倦，有始有终，总要得到一个结果，决不半途中废。在人与人之间的往还中，也很少用巧佞的辞令。英人通信总是直截了当地说自己所要说的话。见面接洽事务，也不先作寒暄，他们简单扼要，对于数目则力求准确。以舌及权术为资本的职业政客在英国的土壤上殊不易滋生。大多数人都讨厌抽象的理论，视无裨实益的空谈为一种浪费。他们喜欢行动，他们最大的愉快是从实行中实现希望，获得成功。英人因秉性沉默寡言，他们遂得将其精力集中于行动。英人这种务实重行的精神，使整个英国社会蓬勃有朝气，使社会各阶层各方面，都能结结实实，热力充沛，潜有无限坚韧的力量。在承平时，他们虎虎有生气；在危难时，他们能力抗狂澜而不为狂澜所撼。

　　著者以为中国的农民也颇务实重行，他们也是不长于抽象的理论的。在中国农民的日常生活中，他们大都脚踏实地，实事求是。他们有时虽因贫穷无告，不能自已地引起一些侥幸之心，但这仅是绝望中的愚念，初非运用想象的结果。他们生活里的唯一要义是工作。农夫的耕耘，农妇的纺织，手艺工人的手艺，他们固无分寒暑，整年地自早至晚，孜孜不息。

他们称做工为"做活"或"做生活"，他们生活中除工作之外实无其他。中国古人本有勤俭起家之训，俭为节流，勤为开源；开源之道，唯有茹苦耐劳，勤奋做事。中国农夫的勤劳是世人公认的。无论是大风大雨或者炎日当天，他们做活时从无畏缩懒惰之态。他们在施肥，犁田、插秧、戽水时，无不出心出力，与英人之在工作时既出全部精力（energy）复出全部能力（capacity），实堪媲美。在大旱或大水时，他们诚不免有打醮求神之事，人之在绝望中转而乞求于天，亦为可恕之情理，但他们也并不因此即袖手坐待神助之来临，倘有努力之道，他们固无不尽其最大的努力。乡村中的公共事务如造桥、筑路、筑坝、填堰，以及御盗、防匪、打醮、演戏、敬神、赛会等，也都能出钱出力，一呼百应。所以在中国乡村中，亦尚有说做即做的精神。乡村中人情来往，送猪送布，也都能实实在在，不像城市中人送几个空纸包，送者受者还要扭扭捏捏，推来推去。中国大多数的老百姓在他们的生活中，都务劳务实，克勤克俭。三家村上的长舌巧妇，究为偶有的点缀，而乡绅先生喜欢在镇上的茶馆喝一杯清茶，也决不使他家里的庄稼人，觉得喝茶聊天较下田做活为逍遥；何况这些乡绅上茶馆也非一无正经，他们判断曲直，介绍婚姻，接洽善举，也正为农村社会中不可或缺之事。中国一般老百姓的物质主义也殊与英人相去无几，他们的娱乐生活，总是离不开有实体的东西，在农余的阴历年节中，他们演戏、舞灯、赌博，以及打锣打鼓，固无一事要用抽象的思索力。

　　然而这种务实重行的性格，在中国知识阶级的性格中，极其缺乏；至少就今日我们所见者论是如此。今日中国知识阶级最大的特点，即为醉心于抽象的理论而好表面的虚文。中国知识阶级之好表面的虚文，正如英人之好实际的行动，中国知识阶级之不重视行动，又正如英人之不重视抽象的理论。今日中国政治上的人物好发表演说，并喜欢演说与他职务无关及与他所学无关的题目，而其演说常空泛不着一物，冗长而无一字足以震人的心弦。官吏就职或新机关成立，例有隆重的仪式，这种典礼既费人精力而又无什意义，但竟不可省。新官总不忘记在就职时陈述他所抱持的理想及计划。理想与计划诚属必要，但尚未兑现的诺言，固毫无任何实质上的价值；不幸无实际价值的诺言，又充斥于中国的新闻纸上。带有全国性的会议闭会时总要发表宣言，起草宣言的人参考已往所发的宣言时，又何尝不觉得那些旧宣言大可拿来再发表一下？但总要于变换字句以免文章的雷同后，再发表一篇。政治上的设施举措，遇有改变时，必有一套套头头是道的理由，实则所有的理由都不是真正的理由。有些地方长官对于他本省的施政，定出一套理论，并绘成挂图，张挂全省，其所用的名词以及彼此相互关系，其系统的精密周详，实充分表现了中国人的智慧，但实际施政，常与挂图所标榜者相去甚远，有时甚至竟如风马牛之毫不相关。无论什么集合，讨论章程或条文时，则虽一字一句，亦会引起热烈的辩论，经久而无结果。报纸上的新闻记载或读者投书有涉及机关时，那个机关总要备函更正，详述如何如何与事实不符，但对于投读中所提的建议与批评，则缺乏研究的兴趣。甚至强敌压境，讨论协助动员时，据报纸记载："到会者均感情激动，以致发言盈庭而无结论。"至于一般私人生活之陷入于空浮而不知自拔者，更处处皆是。中国人写信的那套虚文格式，成为了一种特殊的文体，即常人所称的"八行"。无论写信或面谈，总要先兜很大的圈子，真正的事情放在最后才说。前方大捷常引起诗人墨客的诗兴，使一个最最具有行动性的事实，在中国竟会成了一种最最缺乏行动的呻吟的材料。平心言之，今日中国人（以下言中国人系指知识阶级）中又何尝没有做实际工作的人，否则我们这次战争中种种伟大的艰难的工程和事业焉有今日之成就？他们确能出汗出力埋头工作。但我们从大体着眼，看今日中国社会的通病，究不能不承认大多数国人之好高而不切实际，重虚文而不重实质，喜放言而不埋头实行，以致我们有多少事，唱了多年而无结果，或仅有外表而无实际，花费了许多金钱、时间、精力，而与实际的民生一无裨益。中国人的抽象能力确是丰富；可惜中国人的生命力在抽象的理论上耗费得太多了，以致在实行时，便不免畏葸软弱，缺乏力量。其结果，遂使我们的社会上只是充满了各种理论、口号、标语、宣言、计划、报告、教规、条文、守则、演说、座谈等等。单从表面上看，我们的社会也是蓬蓬勃勃的，但一究实际，只是一股空气。我们有时也确能振奋一时，但这种一时的振奋常是发乎感情而非出于理知，发于感情的只是"冲动"而非"行动"，"冲动"只能一时，"行动"才能持久。我们社会上各种制度和各种事业之常常更弦改张，也可归之于中国人抽象能力之太强和感情之易于冲动。做事的人已较放言的人为少，再加上制度的时时更改，使社会的基础益更变得游荡飘浮而不着实。中国人的生活也总不够紧张，不够认真，不够严肃。譬如在这次战争中，除了一小部分如与军事有关的工程、工矿、生产的人员及在前线实际作战的部队外，绝大多数人的生活依然是非常松弛的；战争仅影响了他们生活的程度，而未尝激动起他们生活的热忱。一般机关里的办事效率也依然如故，甚至有较战前还松懈者。兹举一事言之：有一个时期，在后方许多城市里，地方政府常规定每日上午八时至下午三四时为疏散时间，不论有无警报，迫令人民疏散：强迫商人闭户，强迫居民出城，禁止乡人入城。在这时间中，全城罢市罢课罢工，整个社会陷于停顿的状态。（许多人在无聊之余，于是大打麻雀，以发泄其精力。）这种政策，美其名曰避免牺牲。假如全中国都是这样"避免牺牲"，则我们的国家社会，无需外敌进攻，也会自趋崩溃！我们看英人，当一九四〇年希特勒对英伦发动空前的空中闪电战时，伦敦的人民依然行其所行，无所畏惧。即使在警报中，工人依然做工，百货公司依然交易，公共汽车、电车、出租汽车依然在街中行驶，医生依然看病，机关职员依然办公；直到敌机已临上空时，始入地下室躲避。Vera Brittain《在英伦前线》一书里有一段描写伦敦的火车，大足代表英人在战争中的士气："从伦敦开出去的列车，并没有受警报的阻碍，票房依旧售票，乘客也依旧安坐在车厢里……就在高射炮声隆隆不绝，战斗机正在车站上空盘旋之际，开车的信号笛仍照常吹着，车守照常扬他的信号旗，而驶往海岸的列车也照常开出去，……这个火车站，也像英伦，也像被轰炸的民众一般，是决不受威胁的，决不听其业务停顿的。"英国在"不列颠之战"及"伦敦之战"里竟能挺得住，一大半应归功于英人，特别是伦敦人的不屈不挠。著者深信，本文的读者当将这种情形和我们自己的一比，必不胜其惭愧。

同时亦必能同意：假如我们平时能实事求是，行重于言的话，我们也许可以避免这次的浩劫，至少必可减少我们这次所受的灾难的程度。

中国知识阶级之重言不重行，好虚文而不好实质，是中国社会的可怕的慢性肺结核症。幸而中国的农民务劳务实，克勤克俭，又幸而克勤克俭的农民占全国人口百分之八十以上。假如没有他们的勤劳汗血，我们真不知我们的国家，更要贫穷虚弱到如何程度。但占全国人口百分之八十以上的农民在国家的治理及国家的进步上，始终处于被动的地位，而统治的权力则操之于华而不实的知识阶级手掌之中。赖有这样的好农民，今日中国虽虚萎衰弱而尚未解体，正因中国士大夫不像农民那样务实重行，所以中国社会总不能弄得结结实实，成为一个富强康乐的国家。

三

公共生活中的事业，依赖人人的群策群力。在简单的原始的社会中，以一二人的力量即可举办一件公共事务，而独善其身的人也可"一箪食一瓢饮"地过他独善的生活。但今则时代改变，近代社会的内容越来越复杂，人与人之间的组织及合作，在公共生活公共幸福中所占的地位，也就越来越重要。有组织能力合作能力的社会，必定征服无组织能力无合作能力的社会，近代的历史摆在我们面前，事实昭彰，不容否认。但"组织"与"合作"却又为中英两国民性的一大异点，亦即两国一弱一强的另一原因。重行的英人有高度的合作能力及组织能力，而其主要原因则应归功于英人的能自我约束（Self Control）。公共事业不可避免地要经过集体的行动，而在集体生活集体行动中，必须人人能自我约束。英人都非常真实，都能尽其本份，都有强烈的服务感，并有自省的习惯，所以他们在团体中，都能成为良好的份子，各尽其职，各尽其能，他们不需要他人的监督，他们也不甚有以个人为中心的自私意识。同时，英人不长于抽象能力，缺乏抽象能力的英人既重行而不重理论，故人人能以团体为重，而愿牺牲他一己的意见。因为英人缺乏抽象能力，所以他们也缺乏妒忌的心理；妒忌实为公共事业的最大的敌人。英人重行动，只要对方也是行动之人（man of action），彼此即可组织起来。他们的人生观念大体相同，他们的做事传统也大体相同，再加上人人能约束自己的意志和感情，所以做事易于一致。行动一致则效率自然增高，效率高则事业自然蓬勃而能成功发展。

不重行的中国人组织和合作的能力都非常缺乏。中国人缺乏合作能力主要的原因，是他们的抽象能力太强。每人都有他自己的理想和办法，而每人的理想和办法又都是那样精细，以致在团体行动中，意见总不易一致。在公共的集会中，总是辩论热烈，有时且不免发生剧烈的争执，人人都要贯彻他自己的意见，人人都不愿牺牲或放弃他自己全部或一部分的意见。意见上的争执又常常影响到私人的情绪，以致在行动时不能获得和谐的精神和一致的步骤。在大多数的情形下，争执的结果使一部分人消极退出，退出的人且会作反对和消极的行为。有者则讨论多时而一无结果，使最初的热情都烟消云散。抽象能力丰富的另一结果是妒忌心理的尖锐，人人不愿他人成功而乐见其失败，领袖欲强烈的人更不甘接受他人的指挥，因此在团体生活中不是明争就是暗斗，这些都易使公共事业受到致命的伤害而常中途夭折。

中国人不能合作的另一个原因是中国人无论在做人做事各方面都缺乏一种同一的传统（tradition）。包尔温尝言："一律是一件坏东西"（Uniformity is a bad thing），实则英人在做人做事的基本习惯上，差不多是全国一致的。工业社会中的英人，人人都是积极的，前进的，现实的。说话诚实、做事负责、遵守时间、讲求效率、尊重他人的自由、生活富有规律等等做人做事的基本习惯，是全国普遍的。中国则完全缺乏这种情形。中国人有些做人很认真，有些做人很随便。认真做人的人，他的生活态度一定很严肃，不苟且；随随便便的人则有酒且醉，得过且过。做人的精神根本不同，做事的方式自然大相径庭。因之有些人讲信义、守诺言、重效率、有热忱，又有些人则有诺不守、有信不复、约时不到、借钱不还，应做的事情一天一天的且推且过，一切马马虎虎。做人做事的根本精神没有最低限度的同一标准，要彼此合作共事，实极苦痛，而事业之不易顺利进行，亦势有必然。中国人的私生活也极不一致；私生活本来无须求其一致，假如人类在私生活上尚不能自由自在，则人生更将缺少乐趣。但在英国，第一，至少在工作、休息、睡眠、饮食等一般生活上有大体相同的习惯；第二，假如参加团体生活时，各人必能约束个人的私人习惯而适合团体的公共习惯。在中国，很少人在公共生活中能约束他个人的意见，约束他个人的感情，约束他个人的习惯与嗜好，想到自己以外的他人及团体。所以在中国，一切关于公共生活的组合如公共食堂、公共宿舍，以及公共厕所等，最难管理，最难得到圆满的成绩。你要睡眠，他偏唱戏，你爱清洁，他偏不顾公共卫生。中国人无论在私人生活或公共生活中，尽量放纵他自己的意志和感情，而毫不知有所约束。中国人只知一己而不知他人，只知独行其是而不知与他人协力合作，所以中国的社会散漫而不凝结，松弛而不严密，只有一时的集合而不易有经久的组织，只有小规模的经营而不易树立大规模的企业，人民的能力总是分散而不易集中，不能发挥出庞大的威力。

在中英两国，都有几句谚语，这几句实可充分表示两国的民性。英人有言：

一个英国人：一个呆子，

两个英国人：一场足球，

三个英国人：一个不列颠帝国。

中国的谚语则为：

一个和尚挑水吃，

两个和尚抬水吃，

三个和尚没水吃。

四

中英两国民性的另一个不同，是理性在两国社会生活中所占的地位的异殊。理性是英人政治生活及社会生活中的一个唯一的出发点，若没有英人那种重视理性的性格，则今日之英人固无今日之英国，而今日之英国社会亦必为另一种社会。

英人重视理性的结果，乃有英国的法治。英国的法治，一方面是自君王以至庶民，在法律之前人人平等，无一人得自处于法律以外；另一方面则官吏及人民都须依法行事，重公法而不重私情。就前者言，既自君王以至庶民，在法律之前人人平等，故官吏并无特殊的地位，也无法律以外的权力。官吏的权力由法律所赋予，官吏行使权力而超出法律所赋的范围，即为滥用权力，滥用权力为违法的行为，违法的行为即应受法律的制裁。官吏既无特殊的地位，故官吏违法时，亦受普通法律的制裁而由普通法院受理，一如平民所受之待遇；自首相以至巡警，法律法院对他们固无所宽假。就后者言，官吏及人民既须依法行事，故官吏行事固不能越出法律，人民的行为也不能违犯法律。这种守法的精神发挥到了极点，于是无论在政治生活或社会生活中，处处是大公无私，循规蹈矩。官吏既不能滥施权力，故人民亦无须畏惧官吏。官吏的进退升降既悉有序，下级官吏只要无失职违法之事，他们亦即无须趋奉其上峰。人才的选拔既不复依赖私人的援引，而社会各种事务又照章办理，则大家亦即无须钻营奔走，托人干求。人人可以节省许多精力，社会可以减少许多不平。法律原是经过审慎思虑而制订的。（所谓"法律不外人情"，指此而言，非谓法律以外另有人情。）但是不仅法律的本身是理性的产物，而要服从法律遵守法律，尤须出之理性。唯有诉诸理性，社会始能在合法的轨道中循序渐进。

英人重视理性的另一结果是一切纠纷用理性来解决而不诉诸武力。英国的政党制度就是一种合理的政治竞争的制度，用公开的方式，使政治上不同的意见都能得到他们合理的排泄的轨道；政见不同的各方面，不诉诸武力而诉诸人民的裁判：为人民所拥戴者，上台执政，实现其政策；不为人民所拥戴者，挂冠而去，以顺民意。英国历史上纯粹感情用事之事，除一六四九年之查利一世被弑外，几不多见；而用流血及武力来解决政治上之冲突者，亦较他国为独少。民主政治本就是一种理性政治。假如人民不善用其理性，他们不会选出好议员，假如议员不善用理性，他们不会组织成健全的国会，假如人民及议员都不能善用其理性，则国家不能产生好的首相及健全的内阁。在君主时代，只要有一个人（君主）开明讲理，也会政治清明，民安国治。但在民主时代，则非人人或大多数人能善用其理性不可，否则即难望有合理的上轨道的政治。依丽萨伯女王虽然在感情上敌视其大臣塞西尔爵士（Sir William Cecil），但关于国家大事，则又无不听从其计。维多利亚女王一生中，虽然憎恶某些大臣，但为了国家，竟不能不请他们出而为相；她和她的首相之间，常常发生争执，但当她的抗议坚不为其首相所接受时，她也不勉强他接受，因为英王在宪法上的权利只止于商议与警告，而最后的决定，其权固操之于首相。爱德华八世既不愿有负其钟爱之女子，亦即唯有自动逊位，以解决因其婚姻问题而引起的宪政危机。近代英国的保守党所以能自存于民主的新世界中，实得力于狄士累利（Disraeli）的激励，狄氏尝变易了保守党的性质，"他要上等阶级诚实地接受国内已变的状况，要他们不再因特权的失却而坐在家中发气，要他们走入通街大道，以爱国的热忱及帝国的利益来博得民众的归从。"英人爱称一六八八年的革命为"光荣革命"（The Glorius Revolution）者，即因不经流血、内战、屠杀、放逐或报复，即能变换一个朝代，并使多年不能解决的宗教的及政治的纠纷，竟得基于大众的同意而得到圆满的解决。而革命后的最初几月中，"托立""辉格"（Tovy，Whig）两党，亦无不平心气和，各自让步，各弃宿怨，竭诚合作，以渡过当时外有法兰西之战，内有爱尔兰之失及苏格兰之分裂的危急存亡的局面。大至宫庭国事，小至民间纠纷，英人固无一不诉诸理性，以觅取最好最合理的解决。著者在英时尝目睹两车相撞，两车的车主很安静地下车检视自己的车身，远处的警察也走了过来，抄录汽车的照会号码，肇事的双方都不出一句龃语，又各分头开车而去，静待一二日后警厅的传审。赖有英人这种理性的修养，英人社会始得和平安定，而各种事业亦得蒸蒸日上。

并世各国，论社会的公道，固无有逾于英国者，而公道（fair play）

则纯为理性的产物。英人最好直道（love of justice），是非公私，分明清楚。有才有智有德之士，总有人颂扬他、爱戴他、鼓励他、酬劳他，而出卖公共利益的人，则必为众口所不容。所以有能力有抱负的人，不须短气，只要在正道上努力奋斗，不怕不能成功，而且成功之人也无须中途引退，他可效忠国家，死而后已。而想作恶的人总不敢再稍存作恶之念。英人之公道固不只止于有是非，英人的公道精神的最高表现在他们之能容忍异己，尊重对方。赖有这种精神，英人才能保持他们千百年来的种种政治的及公民的自由；赖有这种精神，在政治上才能完成两党制度，在社会上才能和衷共济，融融洽洽。为英人所最喜爱的拳击（boxing），在以力胜之中固带有以德胜的原则，在各种运动比赛中，无不须遵守一定的规则，而胜者败者亦恒能于比赛毕事后握手互敬。一八三三年国会通过"奴隶解放法案"（Act for the Emancipation of Slaves）废止各殖民地的奴隶制度时，且自动以二千万镑之巨款津贴奴主，以弥补其放奴的损失。在当时为英人天字第一号敌人之拿破仑，被英人拘于厄尔巴岛（Elbe）时，竟有成千成万的英人在伦敦示威，抗议以这样一种待遇加之一个赫赫一世的大英雄，以致百日之战后，英人重将拿翁困居于圣赫伦岛（St.Helena）时，竟不得不保守秘密而不敢重为人民所知。蒙哥马利将军在战地公开对德国隆美尔将军及伦斯德特将军表示倾服，他盛称伦斯德特的知兵善将，甚至说："我常常想，假如我能够置身在伦斯德特将军头脑中一两分钟，我也将引为终生幸事。"尼赫鲁有一本著作，大不利于英国，然英国的出版家仍为之出版，英政府亦未加以何种干涉。近两三百年来，英国政府在其外交殖民政策中，殊不乏有失自尊的行为，但是也只有英人有不直自己的政府而为被欺侮的人民申冤的雅度。这种公道的精神，实为人类生活中可以大书一笔之事。这样一个社会必然充满了友爱、融和、直道及光明，而一切霸道邪道曲道都在正道的氛围中不易抬头。

回观中国，中国人非无理性，但中国人的理性，至少在今日是如此，大都仅见之于文字及辞令之中，在实际的政治生活及社会生活中，理性的痕迹极其微弱。有一个高级党政的负责人曾亲对著者说，人世间有三件事没有理性，其一为恋爱，其二为宗教，其三为政治。这种从事政治而可以不讲理性的论调，至少可以代表目前中国一部分人的作风。多年以来，中国的政治实以强力为核心。我们即使不能说没有一个中国的政府是建筑于人民出于衷心的支持以上的，我们至少可以说，在中国，当政者若无足够的武力，其政权必不易稳定存在，依赖强力而不依赖理性来解决人与人之间、人与团体之间、及团体与团体之间的冲突，在中国社会上实到处皆是。一般说来，兵士对于老百姓的态度总是很强横的。他打了老百姓，他还要傲然说："打了你又怎么样？"我们在邮局寄信、银行取款、车站买票、海关报单、去衙门接洽公事，在水陆码头受军警的检查……我们除默默地忍受他们的蔑视、没有礼貌、欺侮、侮辱、甚至虐待外，我们竟无法可想。因为普通的无告的人民之无法对抗他们，其理由正如一个单身汉之不能同时抵御十人或十二人同样简单。团体与团体之间的冲突也悉凭彼此势力的大小，所以在中国，军人及军队到处都是有势有力。中国内战之多，实开现代国家之最高纪录，而真正的"政党政治"在最近将来的中国也似乎很少希望。无能力使用刀剑以解决冲突者，至少也必拍桌大骂；受过高等教育的或未受过高等教育的，他们在冲突中所表现的解决冲突的态度，殆无太大的不同。

中国人不以理性而以感情驾驭一切的另一个现象即为好讲私情。英人的社会以法为中心，中国人的社会以人为中心，大如国家的制度，常常以一人为转移，小至买一张车票，也视有无人事关系而决定买到之先后或有无。中国实是一个人情的社会，无论大事小事，若有人的关系，总会得到或多或少的方便，所以即使是一封八行或一张名片，在中国社会上无不有它的效用。在中国，既无事不讲人事关系，能钻营的人总要比不能钻营的人多占些便宜，故人人乃在交际、请客、联络、接纳、奔走、趋奉上用功夫，大部分时间耗费于应付人事，而份内的事务反无充分的精力去照顾。一般说来，顾私总不免要损公，所以我们的社会遂到处充满着不合理不合法和不公正；一个不合理不合法不公正的社会，自然是一个不健全的病态的社会。

人人重私的结果是社会无是非，无公道。利害已成为今日中国社会判别是非的最大出发点；是非而跟着利害走，则所谓是非者亦早就不是真是非。在中国社会上，越是有才气的人，越容易见忌招祸；事业越成功，所受的灾难风险越大，有时竟会使生命的安全也将因事业的发展而终至不保。至于尊重异己的雅度，在中国更缺乏，一个重私情重利害而缺乏理性的人，焉能希望他能容纳与他相反的敌人！中国社会从不积极鼓励人继续向善，所以我们民间乃有"功成身退"、"得意不宜再往"一类的戒条，而事实亦恒能证明这些戒条不失为金玉之言。中国人未必都无良知，但有良心的人也殊不易不敢或不愿出头说话，因为不法之徒总不免要互相勾结以作恶，而政府及一般社会都不能给主张公道的规矩人物以有效的保障，所以规矩人只得独善其身，不能出而领导发生一种正论的作用，而道义也就日见湮没而不复申昌。苏三起解中那个解子的几句开场白：

我说我公道，

你说你公道。

公道不公道，

自有天知道。

很可代表中国社会上的公道观。无是非无公道的社会必是一个黑暗的混沌的退步的社会，所以我们的人心总是不能振奋，而我们的国家社会遂亦总是停滞而不能前进。

（选自《英国采风录》，岳麓书社1986年版）

编辑附记

本套"漫说文化丛书"由陈平原、钱理群、黄子平教授分别编选。

为了尊重原作，除了个别标点及明显的排印错误外，本丛书的一些习惯用法及其措辞均依旧原文排印，其中个别不符合当下习惯者，请读者谅解。

另外，其中有部分选文的作者出版方暂时联系不到，此部分稿酬暂存出版方。敬请有关作者看到后与我们联系，届时将按地址奉呈稿酬。

著者简介

梁启超 ◎ 1873 － 1929

字卓如，一字任甫，号任公，又号饮冰室主人、饮冰子、哀时客、中国之新民、自由斋主人。清朝光绪年间举人，中国近代思想家、政治家、教育家、史学家、文学家。戊戌变法（百日维新）领袖之一、中国近代维新派、新法家代表人物。

代表作品｜《中国近三百年学术史》、《中国历史研究法》

鲁　迅 ◎ 1881 － 1936

浙江省绍兴人。原名周树人，字豫才，小名樟寿，至三十八岁，始用鲁迅为笔名。文学家、思想家。1918年发表首篇白话小说《狂人日记》，震动文坛。此后18年，笔耕不缀，在小说、散文、杂文、散文诗、旧体诗、外国文学翻译及古籍校勘等方面贡献卓著，创作的众多文学形象深入人心。他的作品有不朽的魅力，直到今天，依然拥有众多读者。

代表作品｜《朝花夕拾》《呐喊》《彷徨》等。

徐志摩 ◎ 1897 － 1931

浙江海宁人，原名章垿，字槱森，小字又申，赴美留学前改名志摩。现代诗人、散文家，新月社发起人之一，曾任北大教授。除在新诗方面取得卓越成就外，文学创作还涉猎散文、小说、戏剧、翻译等领域。

代表作品｜《再别康桥》《翡冷翠的一夜》等。

林语堂 ◎ 1895 － 1976

福建龙溪（漳州）人，原名和乐，后改玉堂，又改语堂。

一代国学大师，现代著名作家、学者、翻译家、语言学家。曾多次获得诺贝尔文学奖提名的中国作家。将孔孟老庄哲学和陶渊明、李白、苏东坡、曹雪芹等人的文学作品英译推介海外，是第一位以英文书写扬名海外的中国作家。

代表作品｜《京华烟云》《吾国与吾民》《生活的艺术》等。

陈　源 ◎ 1896 － 1970

字通伯，笔名陈西滢，江苏无锡人。

文学评论家、翻译家。1924 年，在《现代评论》杂志主编《闲话》专栏期间，与鲁迅结怨，二人爆发多次笔战。

代表作品｜《西滢闲话》《多数与少数》等。

梁实秋 ◎ 1903 － 1987

原名梁治华，生于北京，浙江杭县（今余杭）人。笔名子佳、秋郎等。

散文家、文学批评家、翻译家，国内首个研究莎士比亚的权威，曾与鲁迅等左翼作家笔战不断。

代表作品｜《雅舍小品》《槐园梦忆》等。

夏丏尊 ◎ 1886 － 1946

浙江绍兴上虞人。名铸，字勉旃，后改字丏尊，号闷庵。

文学家、语文学家、出版家和翻译家。开明书社创办人之一，创办《中学生》杂志。一生致力于教育，矢志不渝。曾与鲁迅先生等参加反对尊孔复古的"木瓜之役"。

代表作品｜《白马湖之冬》《文艺论 ABC》等。

廖沫沙 ◎ 1907 — 1991

原名廖家权，笔名繁星，湖南长沙人，著名作家，杂文家。

代表作品 | 《鹿马传》《分阴集》等。

秦 牧 ◎ 1919 — 1992

广东省澄海县人。现代作家。

20 世纪 30 年代末开始发表作品。写作范围颇广，但以散文为主。他的文章摇曳多姿，光彩照人。艺术特征鲜明，风格独具，与众不同。秦牧散文特点之一，是言近旨远，哲理性强。

代表作品 | 《土地》《长河浪花集》等。

周作人 ◎ 1885 — 1967

原名槐寿，字星杓，后改名奎绶，自号起孟、启明、知堂等。鲁迅之弟，周建人之兄。

周作人精通日语、古希腊语、英语，并曾自学古英语、世界语。其致力于研究日本文化五十余年，深得日本文学理念的精髓。其笔触近似于日本传统文学，以温和、冲淡之笔，把玩人生的苦趣。

代表作品 | 《艺术与生活》《苦竹杂记》等。

郁达夫 ◎ 1896 — 1945

原名郁文，字达夫，幼名阿凤，浙江富阳人。

中国现代著名小说家、散文家、诗人。他在文学上主张"文学作品，都是作家的自叙传"，具有浓厚的浪漫主义倾向。

代表作品 | 《沉沦》《故都的秋》《春风沉醉的晚上》等。

老 舍 ◎ 1899—1966

原名舒庆春，字舍予。因生于立春，取名"庆春"，意为前景美好。上学后，自己更名为舒舍予，意在"舍弃自我"。现代小说家、作家。

老舍的语言俗白精致，他自己说："没有一位语言艺术大师是脱离群众的。"因此，在其作品中，一腔京味儿，很是动人。

代表作品｜《骆驼祥子》《四世同堂》等。

王 力 ◎ 1900－1986

字了一，广西博白人。语言学家、教育家、翻译家、散文家和诗人。

中国现代语言学的奠基人之一，师从梁启超、王国维、赵元任、陈寅恪等。

代表作品｜《汉语诗律学》《汉语史稿》等。

储安平 ◎ 1909－1966

江苏宜兴人，中国近代学者、知识分子。

代表作品｜《说谎者》《英人·法人·中国人》等。

想 象 之 外　品 质 文 字

说东道西

策　　划 ｜ 领读文化　　　　　　执行编辑 ｜ 领读 _ 屈美佳

责任编辑 ｜ 孟繁强　　　　　　版式设计 ｜ 领读 _ 蒙海星

封面设计 ｜ 好谢翔工作室

更多品质好书关注：
官方微博 @ 领读文化　官方微信 ｜ 领读文化